Un jour sans moi

Du même auteur

Ça n'a pas de sens, Denoël, 1968.
Sens dessus dessous, Stock, 1976.
À plus d'un titre, Olivier Orban, 1989.

Matière à rire, Plon (L'Intégrale), 1993.

Raymond Devos

Un jour sans moi

Extravagances

PLON

ISBN : 2.259.18542.8

« Par l'imagination nous abandonnons le cours
ordinaire des choses.
Percevoir et imaginer sont aussi antithétiques
que présence et absence.
Imaginer, c'est s'absenter.
C'est s'élancer vers une vie nouvelle ! »

Gaston BACHELARD

Voyons ! Quel jour sommes-nous aujourd'hui... ?
Je jetai un coup d'œil sur l'éphéméride : « samedi 29 août ». C'était hier. J'arrache la feuille. Donc, aujourd'hui, nous sommes le 30. Tiens ? Le calendrier marque : « lundi 31 août ». Je vérifie si je n'ai pas arraché deux feuilles en même temps. Non ! Lundi 31 août, c'est déjà demain.
Il y a maldonne. Il manque un jour, le jour d'aujourd'hui.
Où est passé mon dimanche ?
Aujourd'hui, c'est un jour férié.
Ce n'est pas une raison pour l'escamoter. Un jour, c'est un jour... Quand on vit comme moi au jour le jour, un jour sans vivre, un jour sans moi ? Inconcevable !
J'aurais jeté mon dimanche aux orties ?
Le jour du Seigneur ?
Déjà qu'il n'en a pas beaucoup... un par semaine !
Si de plus, je le lui supprime !

Sûr qu'il va m'en tenir rigueur... le Seigneur!
Je vais m'attirer les foudres du Ciel!
Vous me direz :
« Un jour en moins, ce n'est pas la peine
d'en faire toute une histoire! »
Hé si, justement, c'est aujourd'hui que j'ai envie
d'écrire cette histoire :
« Un jour sans moi ».
Cela va faire un mois...
Était-ce un mois? Qu'importe!
Cela va faire un certain temps...
que j'occupe ce petit pied-à-terre
dans l'imaginaire.
Vous me direz :
« Qu'alliez-vous faire dans l'imaginaire?... »
L'imaginaire n'est pas une galère, que diable!
Que venais-je y faire?
Extravaguer!
Me reposer de la raison...
Merveilleuse, indispensable raison
mais si contraignante parfois.
Être raisonnable, toujours, en toutes circonstances?!
Il faudrait être fou...

Alors, pour ne pas le devenir,
soupape !
Quitter ce monde à trois dimensions
pour entrer dans celui sans dimension aucune.
L'imaginaire, je connais...
C'est là que j'ai écrit la plupart des « extravagances »
qui sont dans ce recueil, ce qui signifie
que j'y passe le plus clair de mon temps !
C'est pour éviter les allées et venues,
de faire la navette entre le réel et l'imaginaire,
que j'ai loué ce petit pied-à-terre dans lequel je suis.
Lorsque j'aurai fini de jouer à l'homme de lettres,
je remettrai mon nez de clown...
Ah, que je réponde tout de suite à une question
que vous pourriez vous poser :
– Comment vit-on dans un pied-à-terre
dans l'imaginaire ?
– Exactement comme sur une scène de théâtre !
Parce que la similitude est grande.
D'abord le lieu.
On est partout et nulle part.
Ce lieu que l'on pourrait définir
par une phrase d'un grand philosophe :

« L'infini dans la limite
et l'éternité dans le temps ! »
On ne peut pas être plus précis.
Souriez ! Souriez !
On devrait écrire cela sur tous les frontons
des théâtres.
Le décor ? (Encore le théâtre !)
Des tentures rouges et noires qui bougent
au moindre souffle de l'histoire.
Accessoires : une table, une chaise...
et de quoi écrire.
Quant au poisson rouge dans un bocal,
je ne sais pas ce qu'il fait là.
Il y était déjà lorsque j'ai pris possession du lieu.
Sans doute laissé par le précédent locataire
ainsi que l'on abandonne un chien devenu encombrant
au bord de la route, attaché à un arbre, sans nourriture.
Criminel !
J'ai trouvé ce poisson rouge dans un état
d'épuisement...
Il n'avait plus que les écailles et les arêtes...
complètement déshydraté !

Le drame dans l'imaginaire,
c'est que l'on peut commettre les pires forfaits...
on est assuré de l'impunité.
Et puis, côté cour, une cage d'oiseau
suspendue à un cintre!
À l'intérieur de la cage, un mainate.
Mon mainate!
Alors là, arrêtons-nous un instant!

Un mainate, c'est un oiseau noir qui parle couramment
la langue de celui qui lui adresse la parole.
Ne pas confondre avec le perroquet
qui ne fait que répéter ce qu'il entend.
Non! Le mainate, lui, pense ce qu'il dit.
Il est pour moi un interlocuteur valable, le seul!
Mon mainate est originaire de Malaisie.
Il a migré en France clandestinement.
On n'imagine pas le nombre d'oiseaux étrangers
qui viennent se réfugier chez nous.
Exemple : cet été, au bord de la mer...
dans le ciel, toujours les blanches mouettes
habituelles, familières...

Quant à la plage, elle était envahie
par de noirs corbeaux.
Je m'informe auprès d'un marin pêcheur :
– Que font là ces corbeaux ?
– Ce ne sont pas des corbeaux.
Ce sont de noires mouettes, des mouettes immigrées.
Parce que les oiseaux aussi ont des problèmes d'immigration.
– Pourquoi les laisse-t-on entrer ?
– Parce que, ici, c'est une plage d'accueil !
– Vous voulez dire que toutes les mouettes de couleur indésirables dans leur pays d'origine sont ici les bienvenues ?
– Pas toutes ! La plupart de ces mouettes sont
des clandestines !
Bien que le ciel soit le plus souvent bouché,
elles profitent d'une éclaircie pour s'infiltrer
dans notre espace aérien...
C'est ce qu'avait tenté de faire mon mainate.
Las ! Il s'était fait prendre en flagrant délit
de vol à la frontière...
– Votre pedigree ?
Il eut beau prétendre qu'il était réfugié politique,

on lui fit observer qu'en Malaisie, présentement,
il n'y avait pas de soulèvement,
pas le moindre mouvement de libération.
Il s'est retrouvé derrière les barreaux,
chez un marchand d'oiseaux exotiques,
sur les quais de la Seine...
C'est là que passant devant la boutique...
je l'ai entendu siffler et chanter...
Je suis entré.
Je lui ai parlé.
Il m'a répondu.
On s'est entendus.
L'oiseleur a consenti à me faire un prix.
Et voilà !
C'est ainsi qu'il est entré à mon service.
Depuis, il ne me quitte plus.
Il tient une place prépondérante dans ma vie...
C'est le seul être réel que j'emmène avec moi
lorsque je pars en voyage dans l'imaginaire.
Il est mon seul témoin.

Quand on a une double vie,
il vaut mieux ne pas la rater.
Mes débuts furent laborieux.
J'en ai gardé quelques traces écrites. Je me cite :
« J'étais assis à ma table de travail.
Je venais d'allumer ma première chandelle,
Penché sur la feuille blanche qu'il fallait noircir...
L'angoisse m'étreignit...
De mon front perlaient quelques gouttes de sueur qui, en tombant sur la feuille immaculée, firent en la souillant un bruit terrifiant. »
Intenable !
Je sortis mon mouchoir,
m'épongeai le front et ma feuille,
et commençai à écrire :

Extravagance n° 1

« Le musée imaginaire »

Dans l'imaginaire...
il y a des choses qu'il ne faut absolument pas suivre, telles que « la flèche ».
Le « suivez la flèche » est à déconseiller.
Exemple : il y a dans un lieu-dit
dont le nom m'échappe... un musée imaginaire
(dans l'esprit de celui de Malraux).
J'ai voulu le visiter.
Eh bien, je ne l'ai jamais trouvé...
Pourtant, de n'importe quel endroit où l'on se trouve,
il est fléché.
Sur une première pancarte, on peut lire :
« Pour le musée imaginaire, suivez la flèche ! »
Un peu plus loin, une deuxième pancarte :
« Suivez la flèche ! »
Vous la suivez jusqu'à une troisième pancarte où il n'y a plus que la flèche...

Vous la suivez malgré tout jusqu'à une quatrième
pancarte où on peut lire :
« Vous venez de dépasser le musée ! »
Les gens finissent par se poser des questions :
« Ce musée imaginaire existe-t-il ? »

Je relus ce que je venais d'écrire.
C'est-à-dire, cher lecteur, les quelques lignes
que vous venez vous-même de parcourir.
Faites comme moi !
Ne vous découragez pas !
Le musée imaginaire n'existe pas ?
La belle affaire !
Allons voir plus loin !
Poursuivons, murmurai-je, me sentant solidaire de mes lecteurs et ne voulant pas les abandonner dès la première épreuve.
Les gouttes de mon front se faisant
de plus en plus grosses,
je me demandai si je n'aurais pas dû emporter
mon parapluie...
Mais j'avais déjà ma canne et mon chapeau.
Un mot sur ma canne et mon chapeau.

Ce sont pour moi des objets « points d'appui »,
des objets incitateurs... évocateurs de départs.
Des objets-tremplins à partir desquels mon esprit
se met en mouvement...
« Donnez-moi ma canne et mon chapeau ! » est le
Sésame ouvre-toi de l'imaginaire...
Depuis, de ces extravagances, j'en ai imaginé trente-sept...
et toutes écrites à la lueur d'une bougie...
Pourquoi ?
Simple !
Dans l'imaginaire, il n'y a ni gaz ni électricité.

– Je sors, dis-je à mon mainate. Veux-tu que je te rapporte quelque chose ?
– Oui ! Un os de seiche.
– ... Si j'en trouve...
Je me levai, m'emparai de ma canne et de mon chapeau.
– En route ! dis-je.
– À tout de suite ! répliqua mon mainate, qui avait l'habitude de ces faux départs.
La suite, je la tiens du bec même de mon mainate.

– Vas-y, raconte !

Mon mainate ne se fit pas prier.

– Les yeux fixés, rivés l'un sur votre canne, l'autre sur votre chapeau...

– C'est vrai, dis-je ! C'est ma manière à moi de me mettre dans un état second...

– Soyez gentil ! dit mon mainate. Ne m'interrompez pas ! Les yeux rivés sur votre canne et sur votre chapeau, disais-je, vous sembliez ne plus les voir... Vous aviez ce regard intérieur et en même temps lointain que je connais bien.

Vous vous êtes assis à votre table de travail. Vous avez allumé une deuxième chandelle et...

– Merci, mainate ! Merci !

Il était temps que je reprenne la parole.

Il allait raconter tout le bouquin... et :

Extravagance n° 2

« La mer Noire et la mer Rouge »

À propos de la mer Noire (et de la mer Rouge),
il y a des gens qui vous posent naïvement la question :
– Monsieur, la mer que l'on dit noire,
l'est-elle vraiment ?
C'est comme si l'on demandait si la mer Rouge
est rouge !...
La mer Rouge est verte, comme toutes les mers.
Et la mer Noire est comme la mer Rouge,
à quelques nuances près !
Et pourtant, cette mer que l'on dit noire, moi qui vous parle, je l'ai connue noire, noire comme de l'encre !
Et pour cause !
– Vous avez des preuves ?
– Elles sont là, cher lecteur, noir sur blanc,
consignées sur ces feuilles.
– Alors, racontez !
– Eh bien, voilà...

Chez moi, j'ai un mainate.
Or vous n'ignorez pas que les oiseaux en cage utilisent pour aiguiser leur bec un os de seiche.
La seiche est un mollusque qui sécrète, comme chacun sait, de l'encre.
Or mon mainate, quand il n'a pas son os de seiche, broie du noir.
Ne trouvant pas d'os de seiche dans mon quartier, je décidai d'aller en pêcher en mer Rouge où, comme chacun sait, les seiches abondent... ainsi qu'en mer Noire d'ailleurs !
Mais la mer Rouge étant géographiquement plus près de mon quartier que la mer Noire...
j'optai pour la mer Rouge.
« Va pour la mer Rouge », me dis-je.
Je m'embarquai donc un beau jour sur une frêle planche à voile...
Poussé par je ne sais quel vent contraire,
je me retrouvai en pleine mer Noire !
Enfin, à ce moment-là, elle était encore rouge.
Et puis, le vent étant tombé,
la nuit aussi...
la mer devint noire, ainsi que mes idées !

Tout ce voyage, me disais-je, pour un os de seiche !
Il faut vraiment aimer les oiseaux.
Et puis le jour se levait... La mer était toujours noire, mais d'un noir étrange...
veiné de rouge...
Soudain, je vis dans le noir les huit bras pleins de ventouses d'une monstrueuse seiche venir se coller sur ma planche à voile...
Elle s'est mise à sécréter une énorme quantité d'encre du plus beau noir !
De quoi remplir des centaines d'encriers !
Tout d'abord, j'ai cru que la seiche perdait son encre, comme un humain son sang.
Mais comme elle m'invitait à plonger mon doigt dedans
j'ai pensé : C'est une invite à écrire. Elle doit me prendre pour un écrivain.
Du tout !
En fait, c'était une méprise.
Elle me prenait pour un consommateur.
Elle pensait dans sa petite tête de seiche
que ma planche à voile fonctionnait à l'encre,
comme un moteur fonctionne à l'essence !

Je l'ai compris lorsque j'ai vu une autre seiche
se coller à bâbord et me proposer son encre
à un prix avantageux.
Puis une autre à tribord, à tant le baril !
La concurrence était rude.
Voyant que je n'étais pas client...
car les seiches ont des yeux très perfectionnés
et un cerveau au-dessus de la moyenne...
– Vous en avez la preuve ?
Désignant les feuillets :
– Elle est là. Pour éviter de casser les prix,
les seiches sont allées déverser leur encre
en pleine mer... noircissant tout, polluant tout...
La plus vaste marée noire jamais enregistrée !
Catastrophe écologique sans précédent !
Le ciel s'en est mêlé.
De gros nuages noirs sont venus crever au-dessus
de la mer... Ce n'était plus la mer Noire,
mais la mer Morte !
Bref, le noir complet !
Vous me direz : « Alors, dans ce sombre récit,
pas la moindre petite lueur ? »
Eh bien si !

Une colombe blanche !
Ah, c'est gros, je l'avoue.
Une colombe est venue se percher sur mon épaule.
Elle a déposé sur mon oreille une plume
et elle a repris son envol.
Que croyez-vous que j'ai fait ?
J'ai jeté l'ancre.
Vous allez dire que j'en rajoute, que je déborde...
Eh bien, oui !
J'ai pris la plume blanche, je l'ai trempée dans la mer
et j'ai noirci ces quelques feuilles.
Il les tend à son mainate.
– Mais... elles sont blanches !
– Et alors, comme la colombe !
C'est une preuve, non ?
– C'est plutôt une épreuve...
– Qu'est-ce qu'il y a ?
– Je n'aime pas la chute. Et puis, pour la colombe,
je ne suis pas d'accord...
– Ah !
– Moi, j'aurais très bien vu un mainate !
– Nous y voilà !
– Eh oui, j'aurais pu jouer le rôle.

– Mais enfin, tu n'en as pas le physique.
– Quoi ? Je peux prendre celui de n'importe qui ! Vous ne m'avez jamais vu dans mon numéro d'imitations ?
– Ah ? Première nouvelle !
– Je peux imiter toutes sortes d'oiseaux !
Et il se mit à contrefaire le rossignol, le corbeau, la pie qui chante... le cri de la chouette... Hou ! Hou !
– Il n'y a que le chant du serin que je ne sais pas imiter.
Et il termina par le sifflement du merle.
– C'est ce que je fais de mieux... le merle !
En général, je le fais en rappel. C'est avec le « merle » que je bisse...
Il se mit à siffler.
Je ne pus m'empêcher d'applaudir.
– Tout cela est bel et bon, admis-je, mais la colombe, peux-tu en imiter la blancheur, voire le symbole ?
– Tournez-vous une seconde !...
Là, vous pouvez regarder.
– Plus vrai que nature ! m'écriai-je.
Mon mainate s'était enroulé dans une feuille blanche et « couroucoulait » comme une véritable colombe.

À s'y méprendre !
– Convaincu ? me dit le mainate, dans un langage précolombien.
– Convaincu ! Redonne-moi la feuille blanche.
Je vais refaire la chute.
– Non, dit le mainate, je vais l'écrire moi-même et sur mesure. Cela me permettra d'apposer ma griffe...
Je n'en finissais plus de m'étonner.
– Comment, tu sais aussi écrire ?
– Si l'on m'en donne les moyens, oui !
– Que te faut-il ?
– Juste un peu d'encre. Le papier, je l'ai, le vôtre. Pour la plume, je n'ai que l'embarras du choix. Une plume de mainate vaut bien une plume de colombe ! Et pour le moral, un os de seiche ! C'est une condition sine qua non.
– Soit, dis-je, marché conclu !
Je versai un peu d'encre dans le couvercle de l'encrier, le glissai dans la cage à côté de l'auge...
– Maintenant, laisse-moi travailler !
Et avant que la première chandelle ne s'éteigne, j'en allumai une autre et je repris ma plume.

Extravagance n° 3

« *Le chat-huant savant* »

J'ai connu un saltimbanque qui présentait un chat-huant dans les foires.
D'abord, une précision :
un chat-huant n'a évidemment rien du chat
et tout de la chouette.
Alors, pourquoi ne pas l'appeler tout bonnement chouette ?
Parce que le chat-huant hue !
Tandis que la chouette ulule !
Or ce saltimbanque croyait que le chat-huant qu'il présentait était une chouette ululante... l'ignorant !
Il voulait faire ululer son chat-huant !
Évidemment le chat-huant refusait d'ululer
et pour cause !
Il huait !
Il huait la foule !
Et la foule d'applaudir des deux mains !
Le saltimbanque, ignorant mais pas fou, se dit :

« Chouette ! Ma chouette hue !
J'ai trouvé l'oiseau rare ! »
Il haranguait la foule :
– Approchez ! Approchez... Venez vous faire huer
par ma chouette !
Et la foule affluait de toute part,
Et le chat-huant de huer !
Et la foule d'applaudir... Bravo !
Et puis un jour, subitement,
le chat-huant s'est tu.
Il a cessé de huer.
Il est resté muet.
En fait, il muait...
Et comme chacun sait, sauf les saltimbanques,
quand un chat-huant mue,
il ne hue plus !
On dit alors qu'il est muant.
Alors, la foule qui attendait
que le chat-huant la hue
s'est mise à huer à son tour...
Hou ! Hou !
Alors, le chat-huant qui avait fini sa mue
s'est mis à siffler... le saltimbanque.

« Une symbiose des images donne l'oiseau...
à l'eau profonde et le poisson... au firmament. »
De qui était cette phrase qui avait tellement
frappé mon imagination ?
Gaston Bachelard encore.
Je l'écrivis en exergue.

Extravagance n° 4

« Le poisson volant et le martin-pêcheur »

Un jour que je pêchais à la ligne...
au bord d'une rivière,
alors que je surveillais mon bouchon...
j'aperçus un oiseau, un martin-pêcheur qui,
ayant pris ma canne à pêche pour un roseau,
s'y tenait perché.
Soudain, je le vis plonger.
L'eau était si limpide, si transparente
que par un effet de réversibilité,
je vis le ciel bleu qui était au-dessus de moi
se réfléchir au fond de l'onde.
Et tandis que je contemplais avec ravissement
le bleu du ciel se mêler au vert de l'eau,
toutes ondes confondues,
je vis mon martin-pêcheur qui,
par le jeu des reflets,
paraissait nager dans le ciel argenté
de la rivière azurée.

C'était le monde inversé...
Après avoir atteint une certaine profondeur,
je pourrais aussi dire « hauteur »,
mon martin-pêcheur sembla battre de l'aile.
Je compris en un éclair
que cet oiseau ne pouvait pas nager
de ses propres ailes.
Comme je m'apprêtais à le repêcher...
je vis mon bouchon s'enfoncer comme une fusée...
Aussitôt, je tirai, je ferrai...
et alors que je m'attendais à une résistance
je vis au bout de ma ligne
le poisson qui avait mordu au leurre
jaillir hors de l'eau
et prendre l'air.
C'était un poisson volant.
Après avoir atteint une certaine hauteur,
il s'est mis à en perdre...
Je compris que ce poisson volant
ne pouvait pas voler de ses propres nageoires.
Je me suis mis à tirer sur le fil.
Et plus je tirais sur le fil,
plus le poisson s'élevait dans les airs.

Dès que je le laissais un peu filer
il perdait de l'altitude.
Dès que je le ramenais vers moi,
il reprenait de la hauteur !
De voir au bout de ma ligne ce poisson
frétiller dans le ciel bleu,
que c'était beau !
Je ne craignais qu'une chose :
c'est que le martin-pêcheur ne fonce sur lui
et qu'il lui fasse une queue de poisson !

Extravagance n° 5

« La feuille volante »

Ce matin-là, je n'avais pas l'esprit au travail.
« Voyons, me dis-je, de quoi vais-je parler ?
De la pluie ? Du beau temps ? »
Je m'approchai de la fenêtre...
« Va pour le beau temps ! »
C'est alors que je vis se détacher de l'arbre
une feuille jeune encore, d'un vert tendre, dans la fleur de l'âge.
Je me dis que cette feuille tombait de sa branche
accidentellement, comme un oisillon de son nid...
J'allongeai le bras... pour la saisir... la rattraper...
Trop tard !
« Dans ce trajet si court de l'arbre à la terre »,
elle gisait déjà sur le sol...
... comme une feuille morte.
Pourtant, je compris qu'elle ne l'était pas !
Je la voyais frémir, tressaillir...

tenter en vain par quelques soubresauts
de prendre son essor!
Peine perdue!
Une pensée me vint :
« Rédiger un manifeste pour la sauvegarde des feuilles qui tombent prématurément... »
Je regagnai ma table de travail,
pris une feuille blanche...
« C'est un véritable cri d'alarme que je viens lancer. Les feuilles ont tendance à tomber prématurément, hors saison!
Les frondaisons sont menacées de disparition. Comment en est-on arrivé là?
À coups d'insecticides, de défoliants... etc. »
Et tandis que je rédigeais mon manifeste, je sentis dans mon dos un souffle d'air.
Je vis ma feuille blanche frémir... tressaillir... et, après quelques soubresauts... prendre son envol!
Je tentai bien de la retenir... Peine perdue!
Je la vis passer par la fenêtre.
Je m'y précipitai. Je la cherchai du regard.
Au sol, il y avait toujours la feuille verte
maintenant inerte. Je levai les yeux...

Accrochée à une branche... là où la feuille verte s'était détachée, ma feuille blanche !
« Il faudra, me dis-je, attendre l'automne
pour récupérer mon manifeste ! »

Note : Ce soir, avant de souffler ma bougie... j'ai surpris mon mainate en train de rayer d'un trait de plume un des barreaux de sa cage...
Me revient en mémoire une phrase qu'il m'avait dite un jour et à laquelle, sur le moment, je n'avais pas prêté suffisamment attention :
« Savez-vous combien de barreaux il me reste à tirer ? »
Comptait-il les jours ? ou... mes extravagances ?

Le lendemain, comme je prenais ma canne et mon chapeau, je dis à mon mainate :
– Je vais prendre l'air...
Mon mainate ne répondit rien. Il me regardait...
– Je ne serai pas long.
Je vis dans ses yeux une telle détresse...
Je n'en connaissais pas la raison, mais je sus que ce n'était pas le moment de le laisser seul !...

Que je ne pouvais pas le laisser seul.
– Allez, viens !... Je t'emmène...
Je ne l'affirmerais pas mais je crois
qu'il a poussé un cri de joie.
J'ouvris sa cage. Je lui tendis mon doigt.
Il s'y posa. Je le hissai sur mon épaule.
– Tiens-toi tranquille, hein ! J'ai ta parole ?
Pour toute réponse, il me mordilla le lobe de l'oreille.
Je sus alors que je pouvais lui faire confiance.
Nous sortîmes bras dessus, bras dessous...
en sifflant « Le pont de la rivière Kwaï ».
Nous étions heureux.
– Où allons-nous ?
– À la campagne, à la recherche d'un peu de verdure...

Extravagance n° 6

« La campagne recule »

Au sortir de la ville, nous fûmes surpris
de ne pas trouver d'espace vert.
– Pardon, demandai-je à ce que je croyais être
un paysan, pouvez-vous me dire où se trouve la campagne ?
– Ah ! monsieur, elle n'est plus ici !
– Tiens ?... Pourtant, la dernière fois que je suis venu dans cet endroit, c'était la pleine campagne...
– Oui, mais depuis, elle a reculé...
– Ah !
– D'abord, qu'est-ce que vous allez faire à la campagne ?
– Je voudrais y respirer le bon air, entendre le chant des oiseaux...
– Le vôtre ne chante donc pas ?
– Si ! Mais lui aussi, il voudrait bien entendre chanter les autres oiseaux !
– Tiens ? Quelle idée... ?

Écoutez, vous voyez les grands ensembles là-bas, ces grandes surfaces ? Eh bien, la campagne est derrière !
– Merci !
Arrivé devant les grandes surfaces, je m'informe :
– Excusez-moi, monsieur, on m'a dit que la campagne était dans les environs... ?
– Oui, mais c'était la saison dernière. Depuis, l'environnement a changé. La campagne a été déportée quelques kilomètres plus loin... Vous voyez ces grands arbres abattus là-bas... ? Eh bien, la campagne est derrière.
– Merci !
– Si ce n'est pas indiscret, qu'allez-vous faire là-bas ?
– Je voudrais respirer le bon air, entendre le chant des oiseaux...
– Moi aussi ! dit le mainate.
– Tiens ? Quelle idée... !
J'arrive devant les grands arbres abattus.
Un silence...
Seule une femme était occupée à planter un arbuste.
– Pardon, madame, je vois qu'ici, nous sommes à la campagne ?

– Oui, monsieur.
– Pourtant... je n'entends pas les oiseaux.
– Les oiseaux ?... Quels oiseaux ?
– Les oiseaux... qui volent et qui chantent et qui sifflent !
– Ah... il y en avait... jadis, dans le ciel...
des envolées, des nuées d'oiseaux...
– Où sont-ils ?
– Vous voyez ces grandes cages de bois là-bas,
avec des barreaux de chêne... ?
Eh bien, ils sont derrière.
Il y eut un silence.
On aurait entendu une mouche voler.
Le retour fut maussade.
Mon mainate ouvrit lui-même la porte de sa cage
avec son bec... Il y entra.
Je la refermai.
Il se mit à chanter à tue-tête :
« Comme l'oiseau...
Ça vit d'air pur et d'eau fraîche
un oiseau...
D'un peu de chasse et de pêche
un oiseau...

mais jamais rien ne l'empêche,
l'oiseau... d'aller plus haut ! »
– Dites-moi, me dit-il,
de quelle couleur est le rideau du fond ?
– Hé ! Il est rouge.
– Tiens ? Moi, je vois un rideau de verdure.
C'est ainsi que j'ai su
que mon mainate était daltonien.

Daltonien ! Si l'œil peut confondre le rouge et le vert,
c'est que le vert est déjà dans le rouge.
Je sortis de ma poche une feuille toute jaunie par le temps, je la dépliai et lus : « Rose d'automne, extravagance hors saison. »

Extravagance n° 7

« Rose d'automne »

J'avais jadis dans mon jardin un rosier
qui n'avait jamais produit la moindre rose.
J'avais beau l'arroser...
Alors que les rosiers de mon voisin n'avaient besoin
que de l'eau de la rosée pour que ses roses s'épa-
nouissent...
Pourtant les feuilles de mon rosier étaient comme
parfumées à l'eau de rose.
C'était l'odeur des roses de mon voisin
qui embaumait l'air, du moins pendant la belle saison,
les mois d'été.
Or, nous étions en automne.
C'était le temps de l'odeur âcre
des feuilles mortes.
Et voilà que ce jour-là,
j'aperçois au fond de mon jardin,
dans un bouquet de verdure, une belle tache rouge.

Rose d'automne

Une rose dans mon jardin ?
De mon rosier ?
C'était à marquer d'une pierre blanche.
Ah ! la belle rose d'automne !
Je m'approchai, prêt à la cueillir.
Stupeur... !
Ce n'était pas une rose.
C'était une des feuilles de mon rosier qui en avait
pris la couleur, l'aspect.
Mais à s'y méprendre !
Cette feuille verte s'était faite fleur,
sans doute pour sauver l'honneur du rosier...
En tout cas, celui de la rose qu'elle était censée
incarner.
Son existence de feuille aussi, peut-être, car
à l'heure où, chez mon voisin,
on ramasse les pétales de rose à la pelle,
qui songerait à cueillir une feuille
du rosier de mon jardin ?
Feuille dont je n'avais pas à rougir.

Il me restait un bout de chandelle,
le temps de faire un petit « Extra »...

Extravagance n° 8

« L'épouvantail »

Je connaissais un épouvantail qui n'avait
qu'une crainte : effrayer les oiseaux !
Parce que ici, dans l'imaginaire, les épouvantails
sont des êtres à part... entière.
Alors, pour ne pas apeurer les oiseaux,
il restait coi. Il ne bronchait pas.
Il ne remuait même pas le petit doigt.
Et puis un jour, il a rendu son dernier souffle.
Aussitôt, on l'a empaillé
et on l'a expédié dans l'autre monde, le réel,
où, paraît-il, les oiseaux ne peuvent plus l'approcher
tant il épouvante.
Ouf !

Il était temps. La lueur de la bougie vacillait.
– Hou ! Hou !
Je lève la tête.

L'épouvantail

Et je vois mon mainate qui avait pris
la silhouette d'un épouvantail.
– Je vous ai fait peur, hein ?
Ah ! celui-là !
Il fallait toujours qu'il ramène
l'attention du lecteur sur lui !

Extravagance n° 9

« L'ascenseur »

Ce matin-là, je trouvai mon mainate très affairé.
Il s'agitait dans sa cage...
Il gesticulait !
Il faisait mine d'ouvrir la « grille »
de sa cage en la faisant coulisser,
puis il s'effaçait, comme pour laisser passer quelqu'un.
– Quel étage ? 36ᵉ dessus. Bien, monsieur !
Après avoir accompli le geste de refermer la grille,
il faisait le simulacre d'appuyer sur un bouton.
Par un discret mouvement d'aile,
il donnait à croire que l'ascenseur montait.
– 36ᵉ dessus !
La grille s'ouvrait.
– Pour le 36ᵉ dessous, personne ?
Il refermait la grille et, les ailes déployées, il donnait
l'impression que l'ascenseur redescendait en vol plané.
Quel mime ! pensai-je.

L'ascenseur

– Cela t'amuse de jouer les garçons d'ascenseur ?
– Non ! Mais j'ai l'impression de me rendre utile.
Cela permettra à tous les personnages
qui viendront vous rendre visite
d'éviter d'emprunter les escaliers.

Extravagance n° 10

« Le lecteur »

C'est alors qu'un roulement prolongé se fit entendre
suivi de trois coups bien distincts.
– Entrez !
Il faut dire que dans l'imaginaire, les rideaux
faisant office de murs, d'ouvertures
(portes et fenêtres) ainsi que je crois vous l'avoir dit,
la seule façon de s'annoncer est de frapper
les trois coups à l'aide d'un brigadier, comme au
théâtre...
Le rideau s'ouvrit.
– Je ne vous dérange pas ?
– Si ! répondis-je... j'étais déjà ailleurs...
mais puisque vous y êtes aussi, ne restez pas
debout entre deux pans de rideau !
L'homme me dit :
– J'ai essayé de vous joindre par téléphone,
mais vous étiez aux abonnés absents.
– Oui ! Quand je travaille, je n'y suis pour personne.
– Vous pourriez avoir un répondeur automatique.

– J'en ai eu un. C'était la plaie !
Je n'ai nul besoin qu'une machine réponde à ma place,
surtout avec ma propre voix !
D'autant que lorsque j'entends ma voix,
je ne la reconnais pas !
J'avais toujours l'impression que quelqu'un
répondait à ma place !
De plus, comme je n'ai aucune mémoire,
j'oubliais que j'avais répondu à l'avance,
si bien que lorsque la sonnerie du téléphone retentissait, je me précipitais sur l'appareil...
Trop tard ! J'étais doublé... par ma propre voix !
Je m'entendais dire que je n'étais pas là,
alors que j'y étais. Je finissais par
avoir l'impression que je n'étais plus maître chez moi...
que ce n'était plus moi qui commandais !
Mais... peut-on savoir qui vous êtes ?
– Un de vos lecteurs !
– Oh, oh, vous anticipez, cher ami... Le livre est à peine ébauché...
– Je sais, mais comme, dès les premières pages,
vous demandez au lecteur de ne pas se décourager,
j'ai voulu faire mieux. Je suis venu vous encourager.

– À quoi ?
– À mieux faire !
– Écoutez, cher lecteur, je devrais dire « futur », je crains que vous n'ayez dépassé les bornes, les limites permises.
Ici, vous êtes dans mon imaginaire.
C'est dans cet endroit que ce livre s'invente, s'élabore !
– C'est précisément ce qui m'intéresse.
– Mais, monsieur, ici, rien n'existe. Tout ce que vous voyez là est issu de mon imagination. Tout est potentiel. Cette table est potentielle...
– Ce chapeau, cette canne ?
– Potentiels !
– L'encrier, la plume ?
– Potentiels ! Vous-même, monsieur, dès l'instant où vous avez pénétré dans cet espace,
franchi ce seuil, vous avez cessé d'être un lecteur pour devenir un « personnage » !
Je regrette, mais vous n'avez plus rien à faire ici.
Je vous demanderai donc, sans ambages,
de sortir de mon imaginaire !
– Je voudrais pourtant connaître la suite...
– Je vous enverrai le bouquin lorsqu'il sera terminé.

Comme le personnage, un peu désemparé,
se dirigeait vers la cage du mainate, celui-ci :
– Non, monsieur ! Vous voyez l'écriteau : l'ascenseur
est en dérangement. La grille est fermée. Passez donc
par la porte dérobée ! L'escalier est derrière.
– Mainate, dis-je, combien de fois faudra-t-il
te répéter que, comme dans cette pièce il n'y a que
des rideaux, il ne faut pas dire « la porte »
mais « Passez par le rideau de la porte, je vous prie ! ».
Le lecteur ne se le fit pas dire deux fois.
Il sortit en claquant violemment le rideau
derrière lui, pour montrer qu'il n'était pas content !
Je refermai la parenthèse.
L'incident était clos,
du moins je le croyais.
Je pris une feuille de papier, y écrivis en gros
caractères :

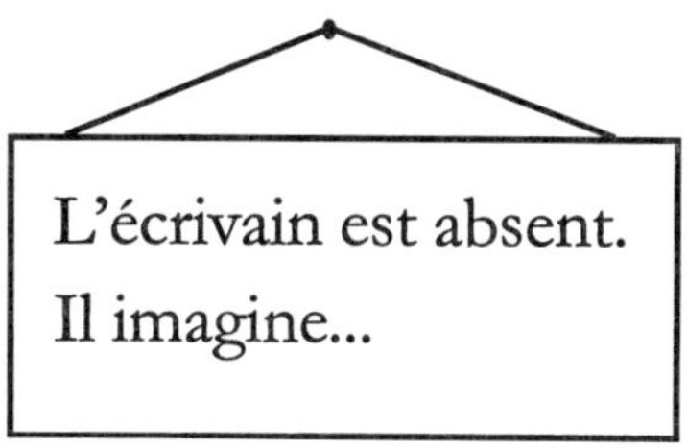

que j'allai accrocher derrière le rideau de la porte.

Extravagance n° 11

« La mouche »

En mal d'inspiration, je regardais voler une mouche...
Et tout à coup, je m'écriai :
– J'ai une idée !
Comme je m'apprêtais à la coucher sur le papier,
la mouche vint se poser sur mon front.
Machinalement, du revers de la main,
je la chassai.
La mouche s'envola et l'idée avec !
Aussitôt, j'essayai de la rattraper,
mais une idée, c'est fugitif.
Chaque fois que je croyais la saisir...
je prenais la mouche.
Évidemment, je la relâchais aussitôt !
L'idée même de faire du mal à une mouche...
L'idée...
Eh oui ! C'était ça, l'idée !
« Ne pas faire du mal à une mouche ! »

Je pris une feuille de papier et commençai de rédiger
un manifeste pour la sauvegarde des mouches :
« Mesdames et messieurs, c'est un véritable
cri d'alarme que je veux pousser.
La mouche est en voie de disparition.
L'espèce est menacée.
Principalement, la mouche " musca domestica " appelée
plus communément " mouche domestique ".
Regardez autour de vous.
Il n'y a quasiment plus de mouches " musca ".
Avant, des mouches, il y en avait à foison.
Elles pullulaient.
Cela bourdonnait dans tous les coins.
Tandis qu'aujourd'hui...
Tenez ! Écoutez autour de vous...
On entendrait passer un ange...
Comment en est-on arrivé là ?
À coups d'attrape-mouches, de chasse-mouches...
de tue-mouches...
Enfin, à coups de tout ce qui fait mouche à tout coup !
Les gobe-mouches ont fait le reste. »

Et tandis que je rédigeais mon rapport,
la mouche est venue se poser sur le dos de ma main.

Et puis soudain... une deuxième mouche est venue à son tour
se poser sur le dos de la première. Zzz... Zzz...
Elle a commencé à l'asticoter.
J'ai tout de suite compris de quoi il était question.
Elles voulaient convoler...
J'avoue que, sur le moment, j'ai pensé : Elles pourraient aller faire cela ailleurs.
Et puis, me suis-je dit :
Non ! Si elles veulent survivre, perpétuer l'espèce,
il faut bien qu'elles se multiplient.
Au contraire, je vais leur prêter la main.
Je n'osais plus bouger la mienne.
Je me disais :
C'est peut-être un des derniers couples.
N'entravons pas leurs étreintes !
Un fait pourtant me surprenait.
Elles copulaient à l'arrêt,
tout en devisant... Zzz... Zzz...
Il faut vous dire que je parle la langue mouche
couramment... J'ai appris le « mouche » tout seul,
à l'école, en regardant voler les mouches
pendant les cours de latin.

Elles parlent en remuant leurs ailes.
J'écoutais ce qu'elles disaient entre « ailes ».
Je connais pas mal de choses sur les mœurs
des mouches domestiques.
Je sais, par exemple, que lorsque les mouches
s'accouplent, s'abouchent, c'est en cours de route...
Tandis que la mouche cavalière marche tranquillement,
et vaque à ses occupations, « le » mouche cavalier, sous
le fallacieux prétexte
qu'il va dans la même direction...
saute cavalièrement sur la mouche.
Il la prend en marche, si vous me permettez cette
expression...
Et après avoir dit à la mouche cavalière :
« Madame, la nature réclame ses droits... »
(en mouche, évidemment !)
il les prend...
La mouche porteuse continue de marcher
comme si de rien n'était.
Elle, dessous, trottinant,
assurant le « transport en commun » (aérien et amoureux).

Lui, dessus, impérial... assurant...
assurant tout simplement.
Oui ! Mais alors, m'objecterez-vous, quel manque de passion !
Ne croyez pas cela !
Au moment psychologique, crucial,
la mouche cavalière décolle à la verticale
et elle s'envoie en l'air... comme une fusée
avec sa navette sur le dos... au septième ciel !
C'est beau... très beau !
Tandis que sur le dos de ma main,
je dois dire que c'était plutôt « à la papa ».
D'autant que comme la mouche cavalière s'était arrêtée
à mi-chemin, avant la fin du compte à rebours,
le mouche cavalier était descendu à l'arrêt...
et attendait la suivante.
C'est alors que je vis que la mouche pleurait...
Spontanément, je lui ai tendu mon mouchoir :
– Tiens ! Mouche ton nez, lui dis-je dans sa langue maternelle, et essuie-toi les yeux !
J'avais complètement oublié qu'une mouche...
ça possède des centaines de petits yeux dans chaque œil.

La mouche

Elle n’en finissait plus de se les essuyer.
Dieu merci, quand elle eut épongé les centaines de petits yeux de son œil droit, les centaines de petits yeux du gauche avaient eu le temps de sécher.
– Pourquoi pleurais-tu ? lui dis-je.
– Parce que, me dit-elle, j’en ai plus qu’assez
de ces amours mouchetées !
Comme je ne comprenais pas...
– J’en ai ras-le-bol de cette précaution que prennent nos mouches cavaliers de se coiffer d’un préservatif
à chacune de leurs effusions !
Ce n’est pas encore cette fois-ci que je risque
de faire souche et mouche !

Il était temps de tirer un trait
sur cette triste nouvelle...
J’ai signé mon manifeste
et bien que ma bougie ne fût qu’à moitié consumée...
j’en ai mouché la mèche !

Extravagance n° 12

« La timbale »

Une voix à la cantonade :

– Il y a quelqu'un ?

Voix du mainate :

– Entrez, vous n'avez qu'à tirer les rideaux !

– Encore vous ! m'exclamai-je.

C'était le fidèle lecteur...

– Excusez-moi !... Je voudrais un renseignement...

– Ce n'est pas un bureau ici, c'est... enfin... puisque vous êtes là... Dites-moi, la première fois que vous êtes venu ici, vous n'aviez ni canne ni chapeau ?

– Non !

– Alors, comment avez-vous fait pour pénétrer dans l'imaginaire ?

– J'ai un « Sésame ouvre-toi » à moi... un objet passe-partout...

Subitement, il m'a prodigieusement intéressé :

– Peut-on savoir quelle sorte de tremplin... ?

– Une timbale, monsieur ! Mais attention, pas n'importe quelle timbale ! Lorsque je viens dans l'imaginaire, je ne manque pas d'emporter la timbale, offerte par mes parents le jour de ma venue au monde, sur laquelle sont gravés mon nom ainsi que ma date de naissance.
Lorsque je désire entrer dans le monde imaginaire, d'une pichenette, je la fais sonner.
Elle émet comme un son de cloche...
Elle vibre comme une cymbale... zim... im... im...
Ses harmoniques sont si puissantes qu'elles me traversent tout le corps.
Lorsqu'elles s'estompent, je suis ailleurs,
c'est-à-dire ici, dans l'imaginaire.
Lorsque je veux regagner le réel,
j'effectue la même opération, sauf qu'au lieu d'une pichenette, je la frappe d'une chiquenaude.
Je lui réponds :
– Pichenette ou chiquenaude, c'est bonnet blanc et blanc bonnet.
– Pas tout à fait ! Il y a des nuances...
des différences dans les tonalités...

– Puis-je vous donner un conseil ?
– J'aurais préféré un renseignement.
– L'un n'empêche pas l'autre.
Vous devriez regagner le réel tout de suite... là, sans réfléchir. Une simple chiquenaude et...
– Impossible, monsieur !
– Pourquoi ?
– On a volé ma timbale.
J'ai trouvé ça terrible ! C'est comme si on lui avait dérobé son billet de retour.
– Vous vouliez un renseignement ?
– Oui ! Où peut-on se procurer une canne et un chapeau ? Je voudrais rentrer chez moi.
– Je vous promets de me renseigner... Laissez-moi votre adresse !
– J'habite au « Sordid Hôtel » que vous devez connaître, puisque, m'a-t-on dit, vous y avez séjourné.
Exit le lecteur.

Je dis à mon mainate :
– C'est vrai. La première fois que j'ai mis les pieds dans l'imaginaire, j'ai résidé dans cet hôtel.
– Par hasard ?

– Non ! Par accident !
Accident évité de justesse !
Puisque cela semble t'intéresser...
J'approchai ma chaise de sa cage,
m'y campai à califourchon...
– Voilà comment tout a commencé.

Extravagance n° 13

« Le boute-en-train »

– Cela se passe au temps où je donnais
encore mon spectacle.
Je me trouvais dans une salle d'attente
d'une petite gare de province... en transit...
J'attendais mon train.
Celui-ci avait pris un sérieux retard sur l'horaire.
J'étais consterné.
Arriverais-je à l'heure pour la représentation que je
devais donner le soir même dans une ville voisine?
La salle d'attente était vide...
Du moins, je le croyais.
Mais en marchant de long en large...
je découvris, assis derrière un pilier,
un type qui avait l'air triste... mais triste!
Je dirais · anormalement triste... (pour ne pas
dire désespérément)
Je me suis dit : Ce n'est tout de même pas le retard
du train qui...

Je m'informai...
– Vous attendez le train là?
– Oui, monsieur!
Je lui dis :
– Pour le prendre?
– Non, pour me jeter dessous!
J'ai cru qu'il plaisantait!
Je suis parti d'un grand éclat de rire.
HA! HA!
Il m'a regardé :
– Comment pouvez-vous rire encore
après ce qui s'est passé?
Je lui dis :
– Quoi, que s'est-il passé?
– Vous ne lisez donc pas les journaux?
Vous n'écoutez pas la radio?
– Si, distraitement!
– Vous n'avez pas entendu ce qu'a déclaré récemment
le président de la République dans son discours?
– Qu'est-ce qu'il a dit. . qu'il n'ait déjà dit?
– Il a prononcé une petite phrase terrible.
Il a dit : « Fini de rire! »
– Il aura dit cela sans y penser...

– C'est ce que j'ai pensé tout d'abord.
Mais c'est que depuis qu'il a dit cela, je ne ris plus !
– Enfin... Alors, si le Président, au lieu de dire : « Fini de rire ! », avait décrété : « Faut rigoler ! », vous auriez éclaté de rire !
– Sûrement pas ! J'aurais dit : « Il plaisante. »
Tandis que « Fini de rire ! », je l'ai pris au sérieux !
C'est tout un programme !
Depuis que je ne ris plus, monsieur, le rire étant le propre de l'homme, je suis proprement désespéré !
Je n'ai plus qu'une envie : me coucher sur la voie et attendre que le train passe !
Là, j'ai eu une pensée égoïste, je me suis dit :
Si ce type se jette sous le train, le train qui a déjà du retard en prendra davantage encore... et moi, je ne serai jamais à l'heure pour la représentation.
Il faut absolument que j'arrive à distraire ce type, à le dérider...
– Écoutez ! lui dis-je, il y a un comique qui passe ce soir même dans la ville voisine. C'est un véritable boute-en-train. Lui, il va vous les débloquer, vos zygomatiques !
– Vous croyez ?

– J'en réponds !
À ce moment-là, le train est entré en gare.
Le type s'est levé... Il s'est précipité sur le quai...
Moment décisif ! Va-t-il se jeter sous le train
ou va-t-il y monter ?
Eh bien, il est monté dedans ! Mais pas moi !
J'ai raté le marchepied et je me suis retrouvé
sous le train !
Aidé du chef de gare, j'ai réussi à regagner
le quai juste au moment où le train démarrait !
Je suis resté là, plein de graisse et de cambouis.
Le temps d'apercevoir, penché à la fenêtre,
le désespéré plié en deux : HA ! HA !
Je me suis dit qu'en empêchant ce type
de se jeter sous le train,
je m'étais privé d'une belle occasion
de rire !
Et puis, il s'est passé une chose étrange...
Plus le train s'éloignait, plus le rire s'amplifiait !
Et tout à coup, je vois sur le quai en face
une foule de gens qui me désignaient
du doigt et qui se tordaient de rire... HA ! HA !
Je dis au chef de gare :

– Qui sont ces gens-là ?
– Ce sont des gens de la ville voisine...
Quand ils ont appris qu'il y avait un voyageur qui voulait se jeter sous le train... au lieu d'assister au spectacle comique de ce soir,
ils ont préféré se faire rembourser et venir ici,
d'autant que le spectacle est gratuit !
Les gens en face :
– HA ! HA !
Ils ont applaudi. Moi, j'ai salué, par habitude.
Les gens :
– Refaites-nous le coup du type qui se jette sous le train ! C'est irrésistible...
Je leur ai dit :
– Volontiers !
Un bis, cela ne se refuse pas.
Surtout pour un comédien !
Je suis retourné dans la salle d'attente
et j'ai attendu le train suivant.
Et là, j'ai dû m'assoupir... parce que :
– Monsieur ! Monsieur !
C'était le chef de gare qui me touchait l'épaule.
– Je vous signale qu'il n'y a plus de train.

– Plus de train ?
Il me dit :
– Vous ne lisez donc pas les journaux ?
Vous n'écoutez pas la radio ?
– Si, distraitement...
– Il y a la grève générale. Le pays est paralysé.
– Comment ? Si... soudainement ?
– Oui ! C'est une grève surprise.
– Surprenant ! dis-je. Je serais donc bloqué ici ?
– Oui ! Jusqu'à nouvel ordre. Cela risque de durer.
– Je ne vais tout de même pas passer la nuit sur cette banquette !
– Ecoutez, il y a un petit hôtel, juste en face, à côté de l'église.
– Ah bon ! Eh bien, j'y vais.

Extravagance n° 14

« La manifestation »

Je sors de la gare et je vois déboucher un cortège
de manifestants qui brandissaient des pancartes
sur lesquelles on pouvait lire :
« Le droit au rire pour tout le monde ! »
« Laissez-nous rire en toute liberté ! »
« Au lieu de supprimer le rire...
feriez mieux de l'augmenter ! »
Les manifestants avançaient en rangs serrés, scandant :
« Des rires ! Des rires ! Des rires ou on fait un éclat ! »
J'ai voulu traverser la rue...
J'ai pris un coup de matraque sur la tête
et un coup de pied dans les tibias.
J'ai tout de suite compris que la manifestation
battait son plein, et que j'étais en plein dedans !
Subitement, j'ai éprouvé le besoin d'aller dire
une petite prière en faveur de la paix.
Je suis entré dans l'église au pas de charge.

La chaisière me dit :
– Vous voulez un prie-Dieu ?
– Non, une simple chaise ! C'est pour m'asseoir.
Aussitôt, j'entends :
– Hep, toi !
J'ai tout de suite reconnu la voix du Seigneur.
Il me parle de temps en temps. Il aime bien s'entretenir avec moi des problèmes de la foi, parce que je ne les discute pas.
Ça le repose !
Il me dit :
– Lève-toi et marche...
– Pour aller où ?
– Dehors ! Tu vas dire à tous ces gens qui s'affrontent que je leur pardonne parce qu'ils ne savent pas ce qu'ils font.
– Tout de suite, là ?
– Oui, pendant que c'est chaud !
– Bon, j'y vais !
Je suis sorti sur le parvis. J'ai crié :
– Arrêtez le massacre ! J'ai un message à vous transmettre de la part du Très-Haut. Le Seigneur vous

pardonne parce que vous ne savez pas ce que vous faites...
De part et d'autre :
– De quoi je me mêle ?
Coup de pied par-ci, coup de matraque par-là...
J'ai réintégré l'église... en vitesse.
J'ai dit :
– Seigneur... pardonnez-moi... mais ils savent
ce qu'ils font plus qu'on ne croit !
C'est alors que l'église a été envahie par
un bataillon de CRS.
Leur chef s'est mis à hurler :
– Au nom du Ciel, est-ce qu'il y a une sortie de secours ?
La chaisière :
– Chut !...
Le chef, rabaissant son caquet :
– Est-ce qu'il y a... ?
(Il termina sa phrase par le geste de fuir...)
– Oui, chuchota la chaisière, la sacristie...
C'est par là !
Le bataillon, après s'être signé, s'y est engouffré
sur la pointe des pieds.

La manifestation

Tout danger étant écarté, je suis sorti,
mais pour fendre ce flot humain...
Comme tous les grévistes se serraient les coudes,
j'ai été pris en étau entre deux coudes de syndicalistes...
Obligé de suivre le mouvement !
– Tout de même, dis-je à mes deux supporters,
vous auriez pu déposer un préavis...
– Pas pour une manifestation spontanée !
– Et ça, dis-je en montrant les banderoles,
c'est spontané, peut-être ?
– Oui monsieur... et imprévu de longue date !
Emporté par cette marée humaine, j'ai fait le tour de la
ville.
De retour devant la gare, le cortège s'est disloqué.
Tous les manifestants se sont égaillés...
pour ne pas dire défilés.
Tout cela avait quelque chose d'irréel...
et pour cause.
J'étais déjà dans l'imaginaire
et je ne le savais pas.

Extravagance n° 15

« L'hôtel borgne »

J'entre dans le petit hôtel... plutôt minable.
Il méritait bien son nom,
le « Sordid Hôtel », surnommé l'hôtel borgne
parce que le patron l'était !
Effectivement on n'y dormait que d'un œil
mais on payait le prix de deux.
Le patron était un arnaqueur.
Il faut dire que son hôtel était admirablement situé..
juste à la frontière, à cheval entre deux mondes,
le réel et l'imaginaire...
L'hôtel affichait constamment complet.
C'est fou ce qu'il y a de gens
qui font la navette entre le réel et l'imaginaire.
Lorsque je m'y rendais,
le patron me donnait toujours le n° 37 alors que,
je l'appris plus tard, l'hôtel ne comptait que
trente-six chambres !

Si bien que la première nuit du premier jour,
je la passai à chercher dans les couloirs le « 37 »,
une bougie à la main.
Très vite je compris que ce fameux « 37 »,
c'étaient les couloirs eux-mêmes...
et qu'il les louait à un tas de rêveurs éveillés
qui, ainsi que moi, ne savaient plus où reposer
leur tête.
Il y avait de tout dans ce couloir, de tout !
De quoi en faire un monde !
Il y avait des types qui n'arrêtaient pas de courir.
J'interrogeai :
– Pourquoi courent-ils ? Pour garder la forme ?
– Non ! Pour échapper à la maladie !
– Quelle maladie ?
– Le jogging ! C'est la maladie qui court.
Le malade, se croyant poursuivi par la maladie
du jogging, court pour lui échapper et, ce faisant,
il l'attrape !
Il y avait un pyromane, un fou de feu !
Il me demandait toujours si j'avais du feu.
Pour allumer sa cigarette.
Je lui passais ma boîte...

Il en sortait deux,
il les frottait l'une contre l'autre...
et il mettait le feu à la boîte !
– Vous avez un cendrier ?
Un fou, quoi !
Et puis un jour, il a disparu...
Exit le pyromane.

Quelque temps plus tard, il m'a envoyé de ses nouvelles...

Extravagance n° 16

« L'homme de bois »

– Monsieur, un jour où je vous croisai dans le couloir
n° 37, vous étiez tout feu, tout flamme...
Vous déclariez à la femme de chambre
que vous n'étiez pas de bois...
Vous sembliez vous en défendre...
Eh bien moi, je prétends l'être... de bois.
Oui monsieur, je suis de bois
et je m'en flatte !
Du bois dont on fait
les branches d'un arbre généalogique...

Et d'entrer dans les détails :
– Mon père était de bois, du moins il en avait la tête
alors que ma mère n'en avait que la jambe.
Feu mon père bois... s'est frotté amoureusement
à feu ma mère bois.
Après s'être réchauffés... mutuellement,

ils se sont enflammés... puis embrasés.
Dans le feu de l'action, ils m'ont conçu.
Je suis issu de ce premier feu de bois.
Sitôt né (ingrat que je suis),
j'ai dévoré mon père et ma mère,
c'est-à-dire les deux pièces de bois
d'où j'avais jailli.
J'ai brûlé leurs vies par les deux bouts,
réduit en cendres leur foyer...
Étant de bois... cela ne m'a fait
ni chaud ni froid...
Depuis que j'ai quitté l'hôtel,
je vis dans les bois.
Je bûche...
et... je bois.
Mais... je ne fume plus !
Et c'est signé :
d'une « croix de bois ».
Savez-vous comment il a mis fin à ses jours ?...
Un soir, il a eu deux idées en même temps.
Il les a frottées l'une contre l'autre...
et... il s'est brûlé la cervelle !

Combien étions-nous dans ce couloir n° 37 ?
Une trentaine (comme en quarantaine)...
On avait fini par former des bandes...
Des bandes de quoi ?
Il y avait d'abord la bande des apartistes...

Extravagance n° 17

« Les apartistes »

Les apartistes sont des gens qui pratiquent l'aparté.
Ils ne parlent qu'en aparté.
J'ai été un apartiste. Eh oui!
Je ne m'en cache pas. Mais modéré...
Je les connais bien, les apartistes....
Ce sont des gens à part.
Quand un apartiste rencontre un autre apartiste,
la conversation est brève :
– Et à part ça?
Et chacun repart de son côté...
Parce que entre apartistes, quand on dit en aparté :
« Et à part ça? », on a tout dit!
Les apartistes sont très solidaires...
Ils partagent les mêmes idées... des idées à part.
Ils mettent tout en commun mais à part.
Même les couples font chambre à part... à part moi!
Déjà devait sommeiller en moi le band-apartiste...

En fait, j'étais le seul band-apartiste de la bande,
les autres mis à part, les je-m'enfoutistes...
les jusqu'au-boutistes...
La liste n'est pas exhaustive.
Les autres étaient plutôt des attentistes.
Les attentistes sont des gens qui vivent
dans l'attente de quelque chose qui ne vient pas.
C'étaient les plus nombreux.
On les surnommait les « En attendant-Godotistes ».
Lorsque, dans ces couloirs, un apartiste
rencontrait un attentiste, l'un disait à l'autre :
– Et à part ça ?
Et l'autre répondait :
– J'attends.
La rencontre la plus attendue et la plus négative aussi...
était celle entre deux attentistes.
L'un disait à l'autre :
– Je vous attends au bout du couloir.
L'autre répondait :
– Je vous y attendrai aussi !
Et ils faisaient exprès de se tromper de bouts.
L'attente était insoutenable.
Il y avait une bande d'optimistes invétérés.

Hélas... ils avaient pour chef un défaitiste
à tout crin. Le moral du groupe s'en ressentait.
Plus deux bouddhistes et un Chinois, un maoïste !
Un privilégié qui avait obtenu le droit d'asile,
à savoir une chambre individuelle...
surnommée la chambre jaune...
Il faut dire qu'il s'y passait des choses insolites...
un certain remue-ménage...
Arrêtons-nous un instant sur celui que l'on surnommait, sans aucun humour, le pékin de Pékin.
Il était venu en France pour rigoler.
Mais avec les conflits sociaux,
il était mal tombé.
De plus, ce Chinois, à l'inverse du pyromane
qui mettait le feu partout, lui, il ne pouvait pas
voir la flamme d'une bougie sans l'éteindre aussitôt !
Comme je lui en demandais la raison :
– C'est parce que la flamme qui vacille fait bouger
les ombres...
– Et alors ?
– Et alors ? Dès que mon petit chien voit une ombre
bouger, il lui court après...
Et il me raconta ce qui va suivre...

Extravagance n° 18

« L'ombre de soi-même »

– J'ai un pékinois chez moi... C'est un petit chien chinois... Habituellement, il me suivait partout comme mon ombre...
Or, depuis quelque temps, il avait un comportement curieux, étrange...
Le soir, dès que je rentrais chez moi et que
j'allumais la lumière, mon chien, délaissant l'os
qu'il était en train de ronger dans son coin,
se mettait à courir à travers la pièce
dans tous les sens... comme un fou !
Je me disais : Mais qu'est-ce qui fait courir mon chien ?
J'ai mis du temps à comprendre...
Savez-vous après quoi mon chien courait ?
Après son ombre !...
Il paraît que chez les chiens, c'est courant.
Dès qu'ils aperçoivent leur ombre,
ils lui courent après.

Le drame, c'est que mon chien n'arrivait jamais
à l'attraper, son ombre ! Et pour cause !
Alors, il a changé de méthode.
Il est tombé en arrêt devant
et il n'a plus bougé.
Il a attendu que son ombre fasse le premier pas.
Il pouvait attendre longtemps !
Mais quand mon chien a vu l'ombre de sa queue
remuer sur le mur... dans sa petite tête de pékinois...
il a compris que ce n'était qu'une ombre chinoise...
Calmement, il est retourné dans son coin ronger son
os.
Seulement, dès que j'ai eu le dos tourné,
il s'est précipité sur mon ombre.
Aussitôt, je me suis mis à courir à travers la pièce
dans tous les sens... comme un fou !
Comme mon chien court plus vite que moi,
mon ombre, il la rattrapait à tous les coups !
J'aime mieux vous dire que lorsque mon chien a planté
ses crocs dans les parties charnues de mon ombre...
pour lui faire lâcher prise...
je pouvais toujours courir !
Il m'a rapporté dans sa gueule

un morceau de mon ombre, un bon morceau, hein,
dans l'échine...
Alors là, j'ai levé le pouce.
J'ai crié : Pouce-pouce ! Pouce-pouce !
C'est un jeu de mots pékinois...
« Pouce-pouce », c'est difficile à traduire...
Cela signifie... « Arrête ton char ! »
Mais quand mon chien a vu l'ombre de mon pouce
remuer sur le mur, il s'est jeté dessus !
Il n'en a fait qu'une bouchée.
D'ailleurs, vous voyez ? me dit le Chinois.
J'ai toujours mon pouce...
mais il ne fait plus d'ombre !
Alors, pour sauver les quelques lambeaux
d'ombre qui me restent, le soir,
lorsque je rentre chez moi, je n'allume plus...
Je reste tapi dans la pénombre...
J'écoute mon chien ronger son os... Ça me rassure.
Parfois, à la faveur d'un rayon de lune,
je projette sur le mur quelques ombres d'antan...
Un doute qui plane...
Sans son ombre... !
Parce que l'ombre d'un doute,

il y a belle lurette que mon chien
s'en est fait un hot-dog !
Jusqu'à présent, j'ai tenu le coup.
Mais qu'adviendra-t-il le jour
où je ne serai plus
que l'ombre de moi-même ?

Et puis un jour, j'en ai eu par-dessus la tête
de cet hôtel borgne et de tous ces déracinés,
ces marginaux !
J'ai fait ma valise et demandé ma note.
Le patron me la donne. Je la vérifie...
et je m'aperçois qu'il y avait une erreur
dans l'addition.
– Patron, vous vous êtes trompé... et à votre désavantage.
– Comment ? Tu entends ça, Ernest ?
Ce n'est pas beau ?... Une telle honnêteté ?
C'est la première fois que je vois ça !
Quel exemple pour nous !
Allez, rends les boutons de manchette de monsieur
et rends-lui aussi son chapeau et sa canne !
– Ah non, dis-je, le chapeau et la canne
ne m'appartiennent pas !

– Ah si ! Vous les aviez en arrivant !
– Vous êtes sûr ?
– Certain !
J'ai attribué ça à un trou de mémoire après ma glissade sous le train et le coup de matraque que j'avais reçu... Je mis le chapeau sur ma tête, il m'allait comme un gant, fis tourner ma canne et esquissai quelques pas de claquettes sous les applaudissements de... toute une salle qui m'acclamait. Rideau !

Le mainate :
– Que s'était-il passé réellement ?
Il s'était passé que dans cette petite gare
de province, en attendant le train suivant...
le temps d'un assoupissement, je m'étais dédoublé !
Pendant qu'une partie de moi-même s'en était allée
extravaguer dans l'imaginaire,
l'autre était restée sagement dans le réel,
à exercer son métier de boute-en-train dans la ville voisine.
Le mainate :
– Votre histoire est difficile à croire...

– Elle n'est pas difficile. Elle est impossible !
Et son prolongement est encore moins crédible.
Le lendemain, tandis que je regagnais la gare
pour rentrer chez moi, je croisai une dame qui riait
toute seule, sans raison apparente.

Extravagance n° 19

« Le rire sans raison »

Qu'est-ce qui la faisait rire ?
De quoi riait-elle ?
Je n'en savais fichtre rien !
Et moi, de la voir rire toute seule,
cela m'a fait rire...
Un monsieur qui passait par là,
me voyant rire tout seul sans raison apparente,
se mit à rire aussi !
Si bien qu'au bout de très peu de temps,
nous étions une bonne quinzaine à rire tout seuls...
de la même chose... et sans savoir de quoi !
C'est alors que le monsieur qui m'avait vu rire tout seul
est venu me demander ce qui pouvait bien me faire rire.
Je lui répondis que j'allais me renseigner...
J'ai donc couru après la dame qui en riait encore
toute seule et je lui ai demandé la raison de son rire.
Elle me répondit que c'était parce qu'elle venait de croiser

un monsieur qui, apparemment, riait tout seul !
De quoi riait-il ?
Elle n'en savait fichtre rien !
De le voir rire tout seul, sans raison apparente,
elle ne savait pas pourquoi... cela l'avait fait rire !
Pendant le voyage de retour, je pensais qu'en ce moment nous étions peut-être des millions de gens à rire sans raison !

– Excusez-moi, me dit le mainate, si je vous rappelle à la réalité de l'imaginaire... mais...
vous avez rendez-vous avec un journaliste.
– Moi ?
– Vous !
– Que ne le disais-tu ! Où est-il ?
– Derrière le rideau de la porte.
– Eh bien, fais-le entrer, voyons !
Qu'est-ce que tu attends ?
Entrez, monsieur !... Le rideau de la porte est ouvert.

Extravagance n° 20

« Le journaliste »

– Monsieur, je me présente ; je suis grand reporter au journal *Le Globe-Trotter*.

– Ah ?

– J'écris un article sur l'imaginaire... et comme l'on m'a dit que vous y séjourniez en ce moment, je voudrais connaître vos impressions...

– Volontiers !

Il sort un petit magnétophone de sa poche.

– Cela ne vous dérange pas si j'enregistre ?...

– J'ai horreur de ça, mais enfin...

– On va faire un essai de voix... Si vous voulez dire quelques mots... ?

– Que voulez-vous que je vous dise ?

– Ce qui vous passe par la tête...

– ... Ce type, il va m'enquiquiner. Je sens qu'il va m'enquiquiner...

– Vous ne pensez pas ce que vous dites, là ?

– Si ! Je pense sincèrement que vous allez m'enquiquiner.
Le journaliste remonte la bande et l'écoute :
– C'est bon pour le son ! Tout d'abord, une question préliminaire :
Les personnages imaginaires dont vous nous rapportez les faits et gestes n'existent pas... vraiment ?
– Comment ça ?
– Je veux dire qu'ils n'ont pas une vie propre ?...
– Monsieur ! Il faudrait tout de même se résoudre à dire la vérité aux gens !
– Je suis venu pour ça !
– Ce sont des personnages qui ont toujours existé... potentiellement...
– Expliquez-vous !
– Asseyez-vous parce que ce n'est pas simple... D'abord les personnages imaginaires sont très fragiles. Il faut les traiter avec beaucoup de ménagements... surtout ne pas les brusquer !
– Ils ne sont tout de même pas « poussière » comme nous ?
– Non ! Mais vous les croyez en cire, vous les touchez et ils vous disent : « Qu'est-ce qui vous prend ? »

Certains sont en plâtre mais il ne faut pas leur serrer
trop fort la main parce qu'elle reste dans la vôtre !
D'autres sont peints en trompe-l'œil sur les murs.
Parfois, ils en ont assez de faire tapisserie.
Ils passent de l'autre côté du mur, clandestinement.
Quand ils sont pris, on les plaque contre
le mur de la réalité et ils n'en bougent plus !
Ceux-là, on peut dire qu'ils sont intégrés.
Ils font partie du décor.
Il y a des personnages en papier qui n'en ont pas !
ou : en carton-pâte qui n'ont pas de papiers !
Tous ces personnages que vous dites ne pas exister,
pour la plupart, ils font la navette entre l'imaginaire
et le réel comme moi entre le réel et l'imaginaire.
Ils sont parmi vous. Vous venez les chercher ici alors
qu'ils sont chez vous. Ils se promènent dans la rue...
Vous les côtoyez... Et vous dites qu'ils n'existent pas ?
Pour la plupart, d'ailleurs, ils sont fort connus.
– Des noms ! Des noms ! C'est pour mon article.
– Le personnage d'Harpagon...
– Harpagon ? L'avare de Molière ?...
– Lui-même ! Il est d'ici. Tartuffe, il est d'ici...
Le Bourgeois gentilhomme, il s'est embourgeoisé ici.

Hamlet, Othello, Roméo et Juliette...
ils sont tous d'ici...
Et vous dites qu'ils n'existent pas ?
Et je ne parle que de personnages de théâtre !
Ce sont encore ceux que je connais le mieux.
Mais il y a les personnages de romans... ils pullulent.
Le père Goriot, les Deux Orphelines...
les Trois Mousquetaires... et Don Quichotte ?
Il a tellement souffert du réel qu'il s'est réfugié ici.
Il a fait venir de l'autre monde quelques vieux moulins
contre lesquels il se bat toujours, mais sans risques !
Et vous dites qu'ils n'existent pas !
Mais ils sont immortels, monsieur !
Le journaliste :
– Désolé... mais moi, je ne marche pas.
Je persiste à penser que tous ces personnages
n'existent que dans votre imagination.
– Libre à vous !
Le journaliste :
– À propos, votre livre *Un jour sans moi*,
où en est-il ?
– Il prend forme. Tenez... !
J'ouvris mon tiroir, en retirai le manuscrit,

l'ouvris à la page que marquait le signet. Une tête en surgit.
– Qui c'est, celui-là ? m'exclamai-je.
– Qui ? s'étonna le mainate qui cherchait du regard une tierce personne.
– Lui !
Je brandis le signet à l'extrémité duquel s'agitait
la tête d'un personnage coiffé d'un bonnet en forme
de pain de sucre blanc et noir...
Il portait un faux nez à la Cyrano
et une collerette verte autour du cou.
Je le reconnus tout de suite...
C'était le personnage de Polichinelle !
– Que faisiez-vous dans mon tiroir ?
Pour toute réponse, il fit tourner ses yeux
dans ses orbites...
Je dis à mon mainate qui semblait comprendre ce genre de langage inarticulé...
– Qu'est-ce qu'il sous-entend par là ?
– Il sous-entend qu'il lisait...
– Quoi ?
– Vos textes !
– Pourquoi ?

– ... Il se dit un personnage en quête d'auteur...
Puisqu'il vous considère comme un auteur...
... il regardait si, dans vos textes, il n'y avait pas éventuellement un rôle pour lui.
– Dis-lui qu'il n'y en a pas...
– ... Il est d'accord : il n'y en a pas !
– Si vous le permettez...
C'est le journaliste qui intervenait.
– Je signale, à toutes fins utiles, que l'on remonte en ce moment la pièce de Pirandello *Six personnages en quête d'auteur...*
Le temps que le mainate traduise...
– Il dit qu'il va prévenir le reste de la troupe,
les « Scapin », les « Arlequin » et autres « Pantalon ».

Polichinelle, comme pour nous remercier,
après quelques contorsions, nous présenta sa bosse.
– Qu'est-ce qu'il dit ?
– Touchez ! Touchez, cela porte bonheur !
Nous touchâmes.
Il disparut avec mon signet par le double fond du tiroir...
Exit Polichinelle.

Nous applaudîmes. Le journaliste :

– Si je ne l'avais pas vu, de mes yeux vu, je ne l'aurais pas cru. Et vous ?

– Moi non plus ! dis-je.

– Pour mon article sur l'imaginaire, quel « scoop » !

Et tandis que je le raccompagnais jusqu'au rideau de la porte...

– Et encore, conclut-il en sortant, ils sont capables de m'accuser d'avoir inventé cette histoire.

Exit le journaliste.

Le mainate :

– Savez-vous ce que m'a dit de vous Polichinelle avant de disparaître dans le tiroir ?

– Non !

– Je ne peux pas vous le révéler. C'est un secret.

Extravagance n° 21

« Avant moi »

Mainate, j'en ai assez de parler de moi !
Oh, je sais, avant moi, il y a eu un autre comédien
plus célèbre que moi, un moi génial qui parlait de soi
mieux que personne !
Mais lui, Sacha Guitry pour ne pas le nommer,
lui, il parlait d'or.
Or, moi qui ne parle jamais d'argent, ma parole !
lorsque quelqu'un parle d'or, j'ai intérêt à me taire !
Or, avec ce journaliste, une fois de plus,
il a fallu que je parle de moi.
Je passe ma vie à parler de moi.
Moi ! Moi ! Il faut que je ramène toujours tout à moi !
A moi !
A moi !
Au secours, je me « moi » !

Extravagance n° 22

« *Le doigt* »

Un jour que, faute d'os de seiche, je rapportais
des graines pour mon mainate et des daphnies...
pour mon poisson rouge...
je décidai de prendre mon petit déjeuner en ville.
Je me rendis à l'auberge voisine.
C'était une auberge espagnole...
On n'y trouvait que ce que l'on y apportait.
Comme j'étais venu les mains vides
et l'estomac aussi, j'appelle le garçon :
– Un café, s'il vous plaît ! Bien tassé !
– Tout de suite, monsieur !
Il revient, dépose la tasse sur la table.
– Ah, je voudrais un peu de lait aussi,
un doigt !
Le garçon revient avec un pot de lait
qu'il dépose à côté de la tasse.

Tandis qu'il s'éloigne, je soulève le couvercle
du pot de...
Je le repose aussitôt.
J'avais changé de visage... J'étais blême...
Non, ce n'était pas possible...
J'avais mal vu !
Pourtant, je croyais bien avoir aperçu...
– Quoi ?
– Un doigt ! Oui, un doigt !
– Quel doigt ?
– Un doigt humain !
Je vous entends d'ici pousser les hauts cris, cher lecteur.
– Oh ! Eh ! Dites, l'homme de lettres,
vous n'y allez pas avec le dos de la cuillère !
Je suis sûr que ce n'est pas ce que vous avez
voulu écrire.
Vous ne vous êtes pas relu...
Vous avez dû vous tromper.
Cela devait être quelque biscuit
à la cuillère ou la cuillère tout court !
– Écoutez, cher lecteur, avec tout le respect
que je vous dois... j'étais tout de même
mieux placé que vous. Faites-moi confiance !

D'ailleurs, voulant en avoir le cœur net,
je soulevai à nouveau le couvercle du récipient.
Comme un diable sortant de sa boîte,
un index en jaillit !
Voilà l'explication que je vous propose.
En refermant le couvercle une première fois avec force,
j'avais dû « compresser » ledit doigt.
Quand j'ai soulevé à nouveau le couvercle,
le doigt s'est autolibéré...
Le premier mouvement de répulsion passé...
je me suis demandé ce que je devais faire.
Signaler la présence intempestive de ce doigt
dans ce pot ?
– Appelez-moi le chef !
Encore fallait-il trouver les mots appropriés.
On ne dit pas :
« Chef, il y a un doigt dans mon lait »
comme l'on dit :
« Il y a un cheveu dans mon potage. »
Non !
Soudain, je pensai à une pièce d'Eugène Ionesco,
Amédée, ou comment s'en débarrasser ?
Je jetai un coup d'œil circulaire...

Personne ne m'observait.
Pour moi-même, je fis semblant de suivre des yeux
une mouche qui tournait autour du « pot »
et dès qu'elle fut supposée s'être posée
sur la table, d'un geste rapide, je refermai ma main
sur le doigt.
– Ça y est, je l'ai !
L'imbécile !
Pour quelqu'un qui ne voulait pas attirer l'attention...
– Vous avez attrapé une mouche ? dit une dame.
– Non, balbutiai-je, un poisson !
C'était bien l'impression visqueuse que je ressentais
au creux de la main.
Je croyais même le sentir frétiller. Pouah !
– Remettez-le dans son bocal ! dit la dame.
– Bonne idée !
Je posai la main sur le dessus de la carafe
et plouf, lâchai prise !
– On dirait qu'il est mort !
– Garçon, lançai-je, combien je vous dois ?
– Voilà, monsieur !
L'addition était toute prête.

J'y jetai un coup d'œil, m'assurai que le doigt
n'était pas compris dans le service...
Il n'y était pas.
Je payai...
Ah, je n'oublierai jamais ma sortie.
Avec tous ces gens qui me montraient du doigt,
sauf un... le chef!

En rentrant chez moi,
obnubilé par l'histoire du doigt dans la tasse...
je pris mon poisson rouge... pour un doigt
qui s'agitait dans un bocal et qui semblait
me faire signe.
Je m'approchai...
Réalisant que c'était mon poisson rouge
qui, à force de tourner dans le même sens,
s'était courbé et avait pris la forme d'un croissant,
je tentai de le redresser en le faisant tourner
en sens contraire.
Je trempai mon doigt dans le bocal et tentai
de faire tourner le poisson rouge
dans l'autre sens.
Le poisson rouge, qui est moins bête qu'on ne le dit,

vit bien ce qu'on attendait de lui,
mais le pli étant pris...
Et tout à coup, il a trouvé sa solution.
Il s'est mis à nager sur le dos, le ventre en l'air.
Cela n'arrangeait rien plastiquement,
mais moralement, il avait retourné
la situation à son avantage !

Un matin, je me réveille avec la tête vide...
mais vide !
Pas une idée à me mettre sous la dent !
En désespoir de cause, je me tourne vers
mon mainate, comme toujours dans ces moments-là :
– Tu n'aurais pas une idée originale à me prêter ?
– Encore ?
– Je te la rendrai plus tard.
Il me dit :
– Pourquoi ne faites-vous pas appel à une « muse »
comme tous ceux qui se piquent d'écrire ?
Vous y avez droit !
Pourquoi n'en usez-vous pas ?
– Parce que celle que j'avais... disons...
qu'elle n'était pas loquace...

– Exemple ?
– Exemple, ce petit texte qu'elle m'a inspiré :

« À tu et à toi »

J'aimerais être
À tu et à toi
Avec vous !
Mais tu
n'es pas encore à moi
Et moi, j'en suis encore
À vous !
À bientôt toi !

– Et puis ?
– Rien ! Elle me disait que je la laissais rêveuse.
Le mainate :
– Elle a fini par mettre la clé de ses songes sous la porte... ?
– C'est ça !
– Bon... alors vous voulez une idée ?
– S'il te plaît !
– Bon ! Alors...

Je le voyais qui cherchait. Manifestement, il n'avait aucune idée de derrière la tête.

– Bon ! Alors... Si vous voulez me prêter une oreille attentive ?

– Je te la prête !

– Bon... Vous notez...

– Je note...

Extravagance n° 23

« Prêter l'oreille »

Le mainate :

– Un matin, vous vous réveillez...

Vous vous apercevez que vous avez la tête qui penche sur le côté. Inquiet, vous vous précipitez devant la glace... Effroi !

Vous n'avez plus qu'une oreille !

Vous vous dites : Ce n'est pas possible !

Vous les recomptez. Pas de doute !

Il vous manque une oreille.

Pourtant, cette nuit-là, vous croyez bien avoir dormi sur vos deux oreilles.

Vous cherchez sous les draps...

Pas d'oreille !

Vous regardez sous votre oreiller...

Pas d'oreille !

Sous le lit... rien !

Pris de panique, vous sondez les murs.

Ils n'ont pas d'oreilles non plus !
Vous vous posez alors la question :
« Où ai-je bien pu la fourrer, cette oreille ? »
Silence.
– Alors, mainate, la suite ? Où ai-je pu la fourrer, cette oreille ? C'est là où je t'attends...
– Soudain, vous réalisez que l'oreille qui vous manque, c'est celle que vous avez prêtée à votre mainate et qu'il vient de vous la rendre !
– Bravo... !
– Mais, dites-moi, monsieur l'homme de lettres ?...
C'était la première fois qu'il m'appelait l'homme de lettres... Qu'est-ce que ça cachait ?

Extravagance n° 24

« Le culte du cul »

– Je vous écoute attentivement
depuis des jours et des jours, me dit-il.
Pas une seule fois vous n'avez prononcé
ni même écrit (que je sache) le mot « cul » !
Seriez-vous contre ?
La question me surprit.
– Non ! répondis-je. Mais je n'ai pas trouvé
à le placer...
Et puis, je dois dire que de mon temps,
il y a des mots que l'on hésitait à prononcer.
Exemple : on n'appelait jamais un chat un chat.
On disait un minou... un minet...
ou dans une langue plus châtiée, un Raminagrobis.
Pour le cul, c'était pareil.
Avant, le cul était tabou.
Même le mot était considéré comme gros.
Le mot était occulté.

Par une pudeur imbécile,
au lieu d'appeler un « cul » un « cul »,
on disait le « pétard », le « popotin », le « derche »
et dans un langage plus soutenu, le derrière.
Eh bien, qu'on le veuille ou non, mon « derrière »,
cela sonne moins bien que mon « cul ».
Un coup de pied au derrière, c'est moins percutant
qu'un coup de pied au cul !
C'est ce qu'ont fort bien compris
certains nouveaux comiques qui,
au lieu de faire voir leur derrière,
montrent leur cul !
Attention ! Ils ne sont pas les premiers.
Il y a eu des précurseurs.
Le célèbre Lapraline...
Il en parlait déjà de son cucul, Lapraline,
mais à demi-mot ou évasivement,
sans avoir l'air d'y toucher.
Il le montrait aussi... mais sous le manteau...
à la sauvette !
Et puis un jour, il en a eu assez
de toute cette hypocrisie.
Il a donné son cucul en spectacle.

Il l'a porté sur la place publique, carrément.
Et ce fut le célèbre :
« Vive le cucul libre ! »
Ah, cher Lapraline, c'est la gorge serrée
par l'émotion que je veux te rendre
un vibrant hommage.
Toi, le grand découvreur,
tu as libéré le cul.
Tu l'as sorti de l'ornière,
des culs-de-basse-fosse,
des bas-fonds de culotte
où on le tenait séquestré.
Tu as montré ton cucul en exemple,
car ton cul a fait école.
Tu as ouvert une brèche dans laquelle
s'est engouffrée une cohorte de petits culs
bourrés de talents !
Toutes leurs œuvres sont marquées de ton sceau,
de ton empreinte...
Je dois dire que...
la première fois qu'on a vu apparaître
sur le petit écran... ce cul magistral
à une heure de grande écoute...

ça a fait péter l'Audimat !
La France entière a retenu son souffle
lorsque dans un face-à-face,
tu as répondu du tac au tac à un journaliste
qui te reprochait de montrer
tes deux hémisphères :
« Hémisphère ! Hémisphère... Est-ce que j'ai
une gueule d'hémisphère ? »
Quel sens de la réplique !
Et quand, cher Cucul Lapraline, tu t'es permis
de dire à un présentateur arrogant
qui te faisait face :
« Parle à mon cul, ma tête est malade ! »
tu reconnaissais implicitement au cul
une existence propre.
Tu donnais au cul un droit de réponse.
Bravo Lapraline !
Tu as haussé le cul au-dessus de la ceinture,
jusqu'au top niveau, jusqu'au zénith !
Tu l'as placé tout en haut de l'affiche.
Tu as fait de ton cu(cul) un poster...
et un poster rieur !
Car tu n'as pas le cul triste, bougre !

Loin s'en faut !
Il t'a suffi de l'orner d'une plume... d'autruche,
ce qui a eu pour effet de donner à ton truc
en plume un certain panache.
À la suite de quoi, il s'est vendu des milliers
de plumes d'autruche à des milliers de culs !
Chapeau, Lapraline !
Depuis, grâce à toi,
il y a un véritable culte du cul.
Et ce culte rapporte des deniers...

Et c'est signé : ce faux-cul de

Ah zut, j'ai fait une tache...
Une tache... quel gâchis !
Une idée extravagante m'a traversé l'esprit.
Voyons, me dis-je, combien de mots, de phrases
pourrais-je écrire rien qu'en trempant ma plume
dans l'encre de cette tache,
sans faire appel à mon encrier ?
Amusant, non ?

Extravagance n° 25

« Tâche faite »

À l'usage de ceux dont la tâche est d'écrire.
Prendre dans son portefeuille
une feuille, blanche de préférence.
Retirer le bouchon de son encrier.
Vérifier que l'encre y est.
Envoyer le plus loin possible le bouchon...
Plonger dans l'encre le bout déplumé de son porte-plume
et... se mettre à la tâche.
Tâcher de la faire belle...
et la tache faite,
jeter l'encre...

Me reste-t-il assez d'encre
pour le point final ?
Je secoue mon porte-plume déplumé...
Ah zut !

Tâche faite

Cela fait tache d'huile !
Tant pis !
Je ne recommence pas.

Extravagance n° 26

« La muse de Musset »

Qu'on ne vienne pas me dire, à moi :
« Pas de nouvelle... bonne nouvelle ! »
Ce jour-là, j'avais allumé plusieurs chandelles
qui s'étaient éteintes d'elles-mêmes,
sans s'être consumées jusqu'au bout !
Mon inspiration avait fait long feu.
Je me sentais abandonné des muses.
Pourtant, ce n'est pas faute de les avoir invoquées.
Et soudain, je me suis senti des fourmis dans la main.
Mon porte-plume se mit à osciller comme un pendule
qui serait à la recherche de quelque source d'inspiration.
Je pensai à l'écriture automatique,
familière aux surréalistes... Redoutable !
Soudain, je me suis surpris à écrire :

> « Poète, prends ton luth et me donne un baiser.
> La fleur de l'églantier sent ses bourgeons éclore. »

Quelqu'un voulait me forcer la main.
Allais-je me laisser aller à coucher sur du papier n'importe quoi, sous la dictée de n'importe qui ?
– Merci pour le n'importe qui !
C'était une voix de femme d'une suavité... !
Je levai la tête... Je vis une ombre blanche...
Eh oui, une apparition, cela a toujours quelque chose de paradoxal...
– Qui êtes-vous ? lui dis-je d'une voix qui se voulait calme.
– Je suis l'inspiratrice de tes nuits ! Ah, toutes ces nuits blanches que j'ai passées à faire tes « nuits » !
« Mes nuits »... j'ai tout de suite réalisé.
Bon sang ! C'était la muse d'Alfred de Musset !
Effectivement, très vite elle m'a appelé « Alfred ».
– Madame, lui dis-je, vous faites erreur sur la personne. Je ne suis pas Musset.
– Je me disais aussi... Il a terriblement changé... Il s'est alourdi, épaissi...
Elle s'approcha... et je vis qu'elle-même..., sans être désobligeant, n'était plus de la toute première jeunesse.

Une silhouette élégante et fine fit irruption
dans la pièce.
L'homme portait un chapeau haut de forme
et tenait une canne à la main.
Après avoir lissé sa petite moustache
et caressé par trois fois son bouc :
– Je me présente : Alfred de Musset !
– Ah ! C'est toi, Alphonse, dit la muse qui confondait les prénoms romantiques...
– Alphonse ?... Vous vous méprenez, ma muse !
Là, il sut admirablement biaiser.
– Alphonse n'est que mon deuxième prénom.
Mon premier est Alfred !
– Oh pardon, Alfred !
J'en profitai pour lui demander :
– Alfred, que venez-vous faire ici, chez moi ?
– Je suis venu vous surprendre en plein rendez-vous galant !
– Vous vous méprenez. Ce n'est pas un rendez-vous galant ; c'est une réunion de travail.
– Ouais ! Avec ma muse, les réunions de travail,
on sait comment elles se terminent,
n'est-ce pas, George ?

(Il me dit, en aparté)
Je l'appelle George en souvenir de Sand.
Savez-vous, monsieur... monsieur... comment ?
– Raymond !
– Savez-vous, Raymond, comment se terminaient
nos réunions de travail chez George ?
– En beauté ! En beauté ! dis-je galamment.
– Oui, en beauté ! N'est-ce pas, muse ?
– Viens, dit-elle, approche-toi, ô mon Jean-Baptiste !
Il y eut un silence... gênant.
– Pourquoi m'appelez-vous Jean-Baptiste ? dit Musset.
– Oh pardon, dit-elle, je confondais ton prénom avec
celui de Poquelin...
– Comment ? Tu as été aussi l'inspiratrice de Molière ?
– Oui !
– Alors, dit Musset en se jetant à ses pieds,
je te pardonne... et même je te félicite !
Puis, me désignant :
– Comment peux-tu accepter aujourd'hui
d'être la muse de ce Raymond
dont le prénom sonne comme une casquette
qui se serait égarée parmi les hauts-de-forme ?
– Parce qu'il m'amuse !

Accompagnez-moi, mon petit Queneau ! me dit-elle
en me prenant le bras.
Tout en marchant, elle s'est mise à fredonner,
mezza voce... avec une voix de jeune fille,
la plus belle chanson d'amour qu'il m'ait été donné
d'entendre, celle que chante Fortunio dans
Le Chandelier de ce même Alfred de Musset :

« Si vous croyez que je vais dire qui j'ose aimer...
Je ne saurais pour un empire vous la nommer... »

(Sur une musique qui aurait pu être écrite
par Frédéric Chopin.)
– Par où dois-je disparaître ? demanda-t-elle.
– Par où vous êtes entrée ! dit le mainate.
– Adieu Frédéric ! me lança-t-elle.
Décidément, les prénoms et elle...
Les yeux fixés, rivés l'un sur Alfred,
l'autre sur ma personne...
Elle avait ce regard intérieur et déjà lointain...
C'était sa manière à elle... de s'effacer...
Exit la muse, comme par enchantement !
– Bravo ! s'écria le mainate en battant des ailes.
J'ai beau connaître le truc, cela me surprendra
toujours !

– Quant à vous, dis-je en me tournant vers le prétendu Musset, je sais qui vous êtes. Je vous ai reconnu à votre voix !
Pour toute réponse, il retira sa moustache et son bouc.
– Encore lui ! s'écria mon mainate.
Eh oui ! C'était encore lui, toujours lui, le lecteur assidu.
– Qui vous a inspiré cette mascarade ? dis-je.
– Votre muse elle-même ! Comme vous sembliez la dédaigner, elle a voulu se rappeler à votre bon souvenir.
– Et vous vous êtes prêté à cette pantalonnade !? Pour quelle raison avez-vous accepté de jouer le rôle du poète ?
– À cause de la canne et du chapeau. Quelle occasion ! Grâce à « ces objets incitateurs au voyage », c'est vous qui l'avez dit, je vais pouvoir rentrer chez moi... redevenir un citoyen du monde réel, retourner à mes chères lectures et... qui sait ? si votre bouquin sort un jour... avoir le plaisir de vous lire !
– Je vous remercie, d'autant que je parlerai de vous

dans ce livre, puisque pendant un certain temps, vous y avez joué un rôle disons... épisodique. Sous quel prénom désirez-vous paraître ?
– Victor !
– Pourquoi Victor ?
– Parce que c'est le prénom d'Hugo !
– Soit ! Eh bien, Victor, je ne peux pas encore vous dire le numéro de la page... Vous le trouverez tout seul.
– Adieu monsieur et bonne fin de séjour !
D'une pichenette, il remit en place son chapeau, frappa d'une chiquenaude le pommeau de sa canne... (On ne se débarrasse pas facilement de ses vieilles habitudes.)
Le « lecteur » avait déjà ce regard intérieur
et en même temps lointain...
Je soulevai le rideau de la porte.
Le lecteur avait déjà disparu dans les plis.
– Ça marche ! cria le mainate.
Il a décroché la timbale !
– Il nous manquera ! me surpris-je à dire.
C'est tout juste si je n'avais pas
la larme à l'œil...

La muse de Musset

Je repensais à Musset, le vrai,
à sa muse et à ses Nuits...
Je me posais des questions...
Ses nuits de mai... d'octobre, de décembre,
d'août, il les écrivait quand ? La nuit ou le jour ?
Ou bien entre chien et loup ?...
Moi, je suis un veilleur de jour mais
peut-être devrais-je pratiquer l'alternance... ?
Tiens ! Pour changer un peu ! Pour voir !
Je vais écrire cette nuit un « nocturne »
pour ne pas avoir l'air de copier.
J'allumai non pas une bougie, mais un cierge
pour mettre toutes les chances de mon côté...
et au clair de ce cierge, j'écrivis :

Extravagance n° 27

« Nocturne d'août »

La voix du mainate :
– Je voudrais dormir.
– Dors !
– Je ne peux pas, la lumière allumée !
– Je regrette mais moi, je ne peux pas écrire dans l'obscurité, surtout la nuit...
Attends, lui dis-je, je vais y remédier.
J'allai chercher une couverture, en recouvris la cage et me remis à ma page d'écriture...
Soudain, je me sentis comme des picotements
dans la main... J'écrivais...
« Pourtant le soir qui tombe a des longueurs sereines
Que la fin donne à tout, aux bonheurs comme aux peines. »
Crénom, m'écriai-je, mais c'est d'Alphonse !
Encore cette folle muse qui s'est trompée
dans les prénoms !

C'est alors que j'entendis monter vers moi
le plus beau des chants d'amour d'oiseaux,
le plus pur, le plus serein...
J'ai pensé : Cela ne peut pas être ma muse
qui serine de la sorte !
– Ça y est, ça y est, s'écria mon mainate,
je la tiens ! Enfin, je tiens la voix du serin ! J'ai pigé le truc.
Jusqu'à aujourd'hui, je pouvais imiter le chant
de toutes sortes d'oiseaux sauf celui du serin !
Pouvoir chanter comme un serin !
Savez-vous ce qui m'a inspiré ? C'est l'obscurité.
C'est parce que le serin chante dans l'obscurité
qu'il chante si juste. Cela crève les yeux...

Il s'est remis à faire des vocalises...
Ainsi donc, cette pureté pouvait se contrefaire.
Pauvre de nous !
– Mainate, je ne suis pas poète
et tu n'es pas serin.
Tu pourras changer cent fois de ramage,
tu auras toujours le même plumage.
Je retirai la couverture de dessus la cage.

Stupeur !
Son plumage avait changé de couleur.
Il avait viré au jaune canari...
Je me regarde dans la glace...
Ressemblais-je à Lamartine ?
Un faux air, peut-être ?

Ce matin-là, mon mainate m'accueille par un :
– Vous avez bien dormi ?
– J'ai fait un rêve étrange et pénétrant, lui dis-je,
la voix pâteuse et le geste lyrique, d'une femme
inconnue et que j'aime et qui m'aime...
et qui est chaque fois ni tout à fait la même,
ni tout à fait une autre et m'aime et me comprend.
– À quoi ressemblait-elle, cette femme...
« toutes les mêmes et pourtant si différentes » ?
– Tu me le demandes !
Qui veux-tu qui m'inspire ce beau poème
de Paul Verlaine,
si ce n'est ma muse, mon extravagante muse ?
Décidément, on a la muse que l'on mérite...
Et encore, si « mon rêve familier » s'était arrêté là,
mais tu me connais, il a fallu que j'en fasse
toute une histoire...

Extravagance n° 28

« Gauguin »

Ce jour-là, je me dirigeais vers l'avenue des Champs-Élysées.
Ce devait être un dimanche parce que les gens faisaient la queue devant les cinémas.
Je voulais voir un film, me payer une toile, comme l'on dit populairement.
Et voilà qu'en passant devant le Grand-Palais, je vois que l'on y exposait les toiles du célèbre peintre Paul Gauguin.
Était-ce le mot « toile » ?
Toile pour toile, me dis-je, si je m'offrais celles de ce peintre génial ?
J'entre au Grand-Palais.
– Aujourd'hui dimanche, l'entrée de la galerie est gratuite, me dit l'hôtesse.
Elle ressemblait à s'y méprendre à l'actrice de cinéma Michèle Morgan.

J'ai pensé, ce qui était vrai :
« Tu as de beaux yeux, tu sais ! »
– Suivez-moi !
Elle poussa une porte et s'effaça pour
me laisser passer.
J'entrai dans la salle avec la démarche de Jean Gabin.
Il n'y avait personne.
Pour un acteur, entrer dans une salle vide,
même lorsque ce n'est pas lui qui est affiché,
cela fait un choc.
– À cette heure-ci, monsieur...
– Appelez-moi Jean !
– À cette heure-ci, monsieur Jean, les gens
sont tous au cinéma.
– Je sais, Michèle, j'ai failli moi-même y aller !
– Je ne m'appelle pas Michèle.
– Peut-être, mais cela ne vous empêche pas d'avoir
de beaux yeux !
Quant aux « Gauguin », les murs en étaient recouverts.
Elle me désigna l'un d'eux :
– Je vous conseille de commencer par celui-ci...
Bonne journée, monsieur... Jean !
– Merci !

Je m'approchai du tableau désigné.
C'était une fort belle toile.
– Que représentait-elle ? me dit le mainate.
– Je te la décris pour que tu puisses la visualiser.
Sur la droite, il y a une jeune femme debout,
de profil, dans une robe verte avec des fleurs rouges
et jaunes.
Sur la gauche, deux jeunes femmes légèrement
vêtues. Elles sont assises...
L'une d'elles, la plus belle, a les seins nus.
Cela n'a rien de choquant parce que l'on devine
que la plage n'est pas loin.
Au milieu, quelques poules mordorées et leurs pous-
sins qui caquètent, du moins se l'imagine-t-on
parce que la toile est insonorisée.
Et derrière la femme qui est debout, un coq blanc !
A priori, il ne paye pas de mine mais
il a son importance.
On le verra par la suite.
En toile de fond, une case avec des murs en bambou
et un toit de chaume.
Une femme assise devant et au fond à droite,
deux autres femmes sur le point d'entrer.

Voilà !
Le tableau s'intitule : « NO TE AHA OE RIRI ».
C'est du polynésien, cela veut dire :
« Pourquoi es-tu fâchée ? »
Le mainate :
– On s'en fout !
– Eh ! Ça a son importance parce que, intrigué par le titre, je cherchai parmi ces six femmes
laquelle pouvait bien être fâchée. Et tout à coup, je m'écriai : C'est elle ! C'est elle, mon amour, mon cher amour, ma déchirure... !
Il fallait bien que je lui donne un nom !
J'avais fait sa connaissance à Amsterdam,
dans une galerie de peinture où l'on exposait précisément les œuvres de Paul Gauguin.
Mon attention avait tout de suite été attirée...
le mot est faible... par une toile représentant
deux vahinés accroupies, dans le plus simple appareil...
Son titre : « Et l'or de leur corps. »
Deux corps d'or ! Et elle, mon amour, mon cher amour, ma déchirure était un des corps...
enfin... je veux dire un des deux corps d'or.

Je suis instantanément tombé amoureux au point que,
ne pouvant me rendre acquéreur dudit tableau,
hors de prix, je me suis entendu demander
si l'on ne pouvait pas couper la toile en deux...
pour ne garder que la moitié qui m'intéressait.
Fallait-il être amoureux fou...
pour formuler une pareille demande ?!
Et puis, je l'avais perdue de vue.
Et voilà qu'aujourd'hui, elle était là, devant moi...
j'allais dire à portée de la main.
M'avait-elle reconnu ?
Tout le laissait supposer puisqu'elle ne cessait
de me suivre du regard...
Et ce n'était pas une illusion d'optique...
La Joconde aussi... Que vous la regardiez de face
ou de côté, elle ne vous quitte pas des yeux.
Mais pour mon amour, mon cher amour, ma
déchirure, c'était différent.
Elle ne me suivait que d'un œil,
l'autre restant fixe.
De quoi retenir l'attention, non ?
Pour vérification, je me déplaçai de quelques pas
vers la gauche... Son œil suivait les miens...

quelques pas vers la droite, son œil me fixait toujours.
Le doute n'était plus permis. Mon amour, mon cher amour, ma déchirure me faisait de l'œil.
On dit que l'amour est aveugle...
Il pouvait aussi être parfois borgne...
Cet œil en disait long ; il semblait m'implorer.
Cette fois, je n'avais pas l'intention de laisser passer ma chance.
– Je vais te sortir de là, mon amour, mon cher amour, ma déchirure !
Cela posait évidemment un problème.
Pour la libérer, il fallait que je pénètre dans
la quatrième dimension de ce tableau... physiquement.
Folle entreprise, me direz-vous... ?
Comment entrer à l'intérieur d'un tableau
qui n'a que deux dimensions, la longueur
et la largeur que l'on appelle parfois la hauteur,
selon que la toile est à plat ou suspendue.
La troisième dimension... enfin ce que l'on nomme la troisième dimension en peinture, n'est autre que la perspective qui ne donne qu'une idée de profondeur.

C'est une dimension en trompe-l'œil, un attrape-nigaud.
J'ai tout de suite compris que cette profondeur-là, c'était l'obstacle, qu'il fallait le franchir.
Il fallait passer de la deuxième dimension directement à la quatrième, comme sur une voiture on passe directement de la deuxième vitesse à la quatrième sans passer par la troisième.
C'est ce que j'ai fait...
et ça a marché !
Je suis entré à l'intérieur de ce tableau
en quatrième vitesse...
Et là... déception !
Déception !
Toutes ces beautés qui, vues de la galerie, offraient des formes pleines, pulpeuses...
vues de l'intérieur, plates comme des limandes !
Épaisses comme des feuilles de contre-plaqué !
Impossible de faire marche arrière !
Après tout, me suis-je dit, c'est tout de même
mon amour, mon cher amour, ma déchirure...
C'est pour le meilleur comme pour le pire.
Je me frayai un passage dans les différentes couches

de peinture, tout en me demandant comment j'allais emporter mon amour, mon cher amour, ma déchirure ?
Sous le bras comme une planche à voile,
ou sur l'épaule comme une planche à pain ?
... Je débouche sur elle. Elle me fixait toujours...
– Tu as un bel œil, tu sais ?
C'est alors que le coq s'est manifesté.
– Cocorico !
J'ai pensé : Ce coq, je sens qu'il va m'emmerder.
Je ne sais pas pourquoi, je sentais qu'il allait m'emmerder.
Excusez le mot mais j'ai beau chercher,
je n'en trouve pas d'autre.
Je dis à mon amour, mon cher amour, ma déchirure :
– Fais ta valise ! Je t'enlève...
– Je n'ai pas de valise...
– Tu n'as pas de valise ?
– Non ! je n'ai que ce que je porte sur moi.
C'était maigre !
– Je te prends comme tu es, ô mon amour, mon cher amour, ma déchirure !
– Cocorico !
Il va m'emmerder, ce coq ! Il m'emmerde déjà !

Je dis à mon amour, mon cher amour, ma déchirure :
– Je vais lui clouer son bec à ton coq !
– Oh non ! Non ! C'est Popaul !
– Popaul ?
– Paul Gauguin, le maître. C'est lui qui a peint ce tableau.
(Passé un certain seuil, plus rien ne peut vous surprendre.)
– Que fait-il là, dans son tableau ?
– Il le surveille. Il l'empêche de se dégrader.
Exemple : si certaines couleurs lui semblent un peu délavées, il se précipite et hop ! avec son pinceau, il les ravive.
Que l'une d'entre nous soit dépeignée... Hop !
D'un coup de plume, il la repeigne !
– C'est un coq de barbarie, ton coq !
– Cocorico !
Elle me dit :
– Va m'attendre derrière la toile du fond, je te rejoins.
– D'accord ! Mais auparavant, me dis-je, je vais lui dire deux mots, à cet emmerdeur ! (Il n'y a pas d'autre mot.)

Je me refraye un passage dans les couches de peinture...

– Cocorico !

– Oh ! Eh... ! (Je lui fais signe de baisser le ton.)
Je voudrais parler à Paul Gauguin.

Il a aussitôt rabattu son caquet.

– C'est moi. Que me voulez-vous ?

– D'abord, bravo pour le déguisement !
Votre truc en plume, je le trouve très kitsch...
très kitsch, coq ! si vous permettez ce jeu de mots...

– Très quoi ?

– Très Hitchcock ! Le maître du suspense.
Il fait une apparition dans tous ses films,
déguisé en quelque chose, comme vous dans vos tableaux !

– Je ne fais pas de cinéma, moi !

– Je ne vous le reproche pas.

– Que puis-je pour vous ?

– Eh bien, comme vous possédez un bon coup de pinceau, si vous pouviez me peindre un étui...

– Un étui... ? Pour quoi faire ?

– Pour y mettre madame... (Je la désignai.)

– Vous voulez mettre madame dans un étui

alors qu'ici, elle est comme dans un écrin.
Ça ne va pas, non ?
Pourquoi voulez-vous me l'enlever ?
– Parce que c'est l'inspiratrice de mes amours...
– Il se trouve, monsieur, que c'est aussi l'inspiratrice des miennes !
« C'est celle que j'aime et qui m'aime et qui est chaque fois ni tout à fait la même, ni tout à fait une autre et m'aime et me comprend ! »
Là, j'ai compris qu'il faisait le même rêve que moi, étrange et pénétrant...
– Sortez de mon tableau, monsieur, vous faites tache !
Il me désigne la toile du fond.
En passant, je lance à mon amour, mon cher amour, ma déchirure :
– Ton coq en pâte, il tient une de ces couches !
Je me fraye un chemin dans les différentes couches de peinture. Un vrai labyrinthe... (comme dans les rêves).
J'ai failli me perdre.
Enfin, j'ai touché le fond de la toile
et je suis passé de l'autre côté.
Je me suis retrouvé à l'intérieur d'une salle

de cinéma pleine à craquer, face à mille têtes
éclairées par la lumière réverbérée de l'écran.
C'est l'envers de la toile de Gauguin qui faisait écran.
On y voyait comme à travers une glace sans tain
un des tableaux de Gauguin.
Inutile de vous dire lequel :
« NO TE AHA OE RIRI ».
Est-ce le « AHA » ou le « RIRI » qui a déclenché
une certaine hilarité dans le public ?
– Assis !
Je me glissai sur un strapontin.
C'est alors que je vis mon amour, mon cher amour,
ma déchirure se tourner doucement vers la salle et,
m'y voyant, s'avancer vers l'écran, déchirer la toile...
– Amour, mon cher amour, m'écriai-je,
qu'est-ce que je peux faire pour toi ?
– Je veux faire du cinéma.
– !!
Les gens applaudirent, croyant à un coup de théâtre...
– Elle crève déjà l'écran, dit quelqu'un...
Moi, j'ai failli tomber de mon siège...
Ainsi donc, ces regards langoureux,
ces œillades étaient intéressés.

Cette belle Polynésienne, l'inspiratrice
de mes amours et de mes déchirures,
était prête à tout pour faire du cinéma,
quitte à payer avec « l'or de son corps » !
Et moi, j'étais tombé dans le panneau.
Et brusquement, elle disparut de l'écran.
Remplacée par qui ?
Gauguin !... Lui-même...
en coq, comme celui de Pathé-Journal.
Il se plaça bien au centre du rond lumineux
et après s'être dressé fièrement sur ses ergots,
il poussa son célèbre « Cocorico » !
On ralluma la salle.
Les gens se levèrent et se ruèrent vers la sortie.
Je suivis le mouvement.
Je me suis retrouvé déambulant sur les Champs-Élysées.
La lumière était réelle, trop réelle, crue !
Le soleil tapait fort.
C'était Paris au mois d'août.
Je me mêlai à la foule.
C'est alors que je pris conscience
que les gens que je croisais me montraient du doigt...

Je m'arrêtai devant une vitrine qui renvoyait
mon image.
J'étais couvert de peinture et de plumes...
Alors, j'ai poussé un retentissant « cocorico »,
d'abord pour aller au bout de mon extravagance,
ensuite parce qu'il ne me déplaisait pas que ces gens
qui me montraient du doigt pensent :
« Celui-là, il va nous emmerder ! »

Extravagance n° 29

« La vendeuse de la grande surface »

La matinée était déjà très avancée.
Mon mainate dormait toujours mais d'un œil ; l'autre m'observait. Je pris ma canne et mon chapeau et, sur la pointe des pieds, je gagnai le rideau de la porte. Mon mainate :
– Vous sortez, monsieur ?
– Oui ! Je vais faire quelques emplettes.

Aujourd'hui était un jour anniversaire.
Cela faisait trois ans que mon mainate
était entré dans cette cage...
Et pour le récompenser de sa fidélité,
je voulais lui offrir une flûte à bec.
Je me rendis donc dans la grande surface du coin...
où je fus accueilli par une vendeuse gonflable,
oui, j'ai bien dit gonflable...
Attention ! Rien à voir avec la poupée du même nom

qui se vend dans les sex-shops !
Non ! Cette vendeuse-là était saine,
une sorte de robot en matière plastique...
un beau visage en caoutchouc,
comme on n'en trouve que dans l'imaginaire.
Elle bondit sur moi... rebondit, devrais-je dire...
– Vous désirez ?
– Je voudrais une flûte à bec... Ce n'est pas pour moi ;
c'est pour un oiseau.
– Nous n'avons pas de flûte à bec ici, monsieur.
Nous ne vendons que des mappemondes, des globes
terrestres.
– Vous ne vendez que ça ?
– Jadis, nous vendions aussi des globes lunaires
mais depuis que l'on a marché dessus...
je veux dire depuis que les hommes ont mis
les pieds sur la lune, la vente a chuté.
Et subitement, je la vois diminuer de volume.
– Excusez-moi... une petite dépression...
Je manque d'air.
Elle se mit à souffler dans une petite valve,
un petit sifflet qui pendait à son cou.
Et plus elle soufflait, plus ses joues se gonflaient.

– Alors, lui dis-je, ça va mieux ? Gonflée à bloc ?
– À bloc ! répondit-elle.
– Tant mieux ! Sans vous offenser, il y a parfois quelque avantage à être une baudruche.
– Les avantages sont surtout pour le patron.
Quand il y a compression de personnel,
il dégonfle quelques-unes de ses vendeuses...
Je lui dis :
– Ce n'est pas joli, joli !
– Mais il faut dire que dès que les affaires reprennent, il les regonfle...
– Ah bon !
– Mais, j'y pense, pourquoi n'offririez-vous pas
à votre oiseau une mappemonde à bec ?
– Comment, vous avez aussi des mappemondes à bec ?
– Oui ! Quand on souffle dedans, elles augmentent de volume...
– Pour le même prix ?
– Oui monsieur ! Seulement, l'inconvénient...
je vous préviens tout de suite, c'est que si vous soufflez trop fort, elles éclatent !
Est-ce que votre oiseau souffle fort ?

– Non ! Mais il siffle... fort !
Écoutez, donnez-moi plutôt une mappemonde prête à porter...
...

Extravagance n° 30

« La mappemonde »

Sitôt rentré chez moi, je posai la mappemonde sur mon bureau.
– Comment la trouves-tu ?
– À vol d'oiseau, répondit le mainate, ça vaut le coup d'œil. Est-ce que vous voyez la Malaisie ?
– La Malaisie ?... Attends... Voyons voir...
Je fis tourner lentement la mappemonde...
– La Malaisie, tu dis ?... Elle est...
Elle est bien quelque part !
J'accélérai d'un mouvement de doigt sa rotation.
Et tout à coup, elle se mit à tourner de plus en plus vite...
Je cherchai vainement un éventuel petit moteur qui se serait mis en route tout seul et que je pourrais stopper, simplement en appuyant sur un bouton...
Pas de moteur !
Cette mappemonde s'était mise

à tourner sur elle-même toute seule...
et trop vite !
Soudain l'obscurité se fit.
Puis la lumière revint, puis l'obscurité
puis la lumière, en alternance...
à la manière d'un stroboscope...
(Stroboscope : Rayon lumineux brutalement obturé
puis libéré, obturé à nouveau, libéré
à une cadence rappelant le mouvement du cinéma
muet en noir et blanc.)
Intrigué, je me levai et me dirigeai vers la fenêtre.
Le phénomène était extérieur.
Je voyais le soleil passer du levant au couchant
le temps d'un éclair.
Puis, la lune changer brusquement de quartier !
Mon Dieu, murmurai-je, qu'est-ce que
j'ai déclenché là ?
Il y avait sûrement un rapport, une connivence
entre cette mappemonde qui s'emballait
et le monde extérieur.
En faisant tourner ce globe terrestre...
n'avais-je pas joué les apprentis sorciers ?
N'avais-je pas déchaîné des forces cosmiques ?

Je saisis la mappemonde à bras-le-corps
mais elle m'échappa des mains,
roula sur le sol et continua de tourner
comme une toupie.
Il fallait faire quelque chose avant que le monde
ne tourne à la catastrophe !
En désespoir de cause, je pris mon fusil à lunette,
je pointai le canon de mon arme
en plein cœur de la mappemonde...
J'épaulai, je tirai et...
je tombai raide mort !
Explication : par un hasard des plus malencontreux,
la balle était allée se ficher dans la mappemonde,
très précisément à l'endroit où je me trouvais.
Elle avait traversé la vitre-rideau de mon pied-à-terre
et était venue me frapper en plein cœur.
Dieu merci, dans l'imaginaire, quand on est mort,
c'est comme au théâtre. Ce n'est pas pour longtemps !

Applaudissements du mainate.
Je me relève pour saluer...
Tout à coup, j'entends un fracas épouvantable.
C'était l'aquarium qui était tombé

et qui s'était brisé en mille morceaux,
répandant toute son eau sur le sol.
Et au milieu de la flaque, mon poisson rouge...
au bord de l'asphyxie ! Exsangue !
Il fallait faire vite.
En un éclair, j'entrevis la solution.
J'attrapai la mappemonde, la remplis d'eau,
y plongeai mon poisson rouge...
qui tout de suite reprit des couleurs.
Et ce fut l'accalmie.
Le temps se mit à s'écouler normalement.
Les secondes, les minutes, les heures
retrouvèrent leur durée.
Ah, que c'était reposant !
J'ai passé le reste de la soirée à contempler devant mon globe terrestre mon poisson rouge évoluer dans les mers du Sud, réapparaître en mer Noire... se confondre avec la mer Rouge... jaunir dans la mer de Chine...
Ce n'était qu'une surimpression... mais de le voir tourner comme un satellite à l'intérieur du globe terrestre... Dieu que c'était beau !
Et soudain, je vis apparaître l'Amérique ! l'Amérique !

J'eus envie de la redécouvrir.
– Terre ! Terre ! m'écriai-je.
L'odeur de la terre me manquait.
J'avais besoin de la terre
comme l'oiseau de l'air
et le poisson de l'eau...

Extravagance n° 31

« Le toit-volant »

Le mainate :
– Dites-moi ! ... Vous qui avez vécu votre mort, est-ce vrai ce que l'on dit ?
Qu'avant de rendre l'âme, on revoit toute sa vie ?
– Exact ! J'ai revu toute la mienne le temps d'un dernier soupir !
Le mainate :
– Faut faire vite !
– Ah ça, il ne faut pas s'appesantir sur les détails ni s'apitoyer sur son sort !
Le mainate :
– Alors, racontez !
– Je te la résume en plusieurs volets.
Premier volet : Je me vois tout petit garçon
dans ma maison natale.
Je fais évoluer dans le ciel bleu
un grand cerf-volant rouge

que j'avais appelé mon toit-volant
parce qu'il en avait la forme, la forme d'un toit...
Et puis, tant qu'il évoluait au-dessus de ma tête,
je me sentais comme protégé, abrité !
Un jour de fort grand vent, la corde qui me reliait à
mon cerf-volant s'est rompue et mon toit-volant
a commencé à descendre en chandelle...
Mais très vite, il a redressé la tête et,
à mon grand étonnement, il s'est mis à jouer avec
des courants ascendants et descendants...
Et, en s'appuyant sur eux, à gagner de la hauteur
et puis... je l'ai perdu de vue... !

Deuxième volet : Je suis un jeune homme, toujours
dans ma maison natale.
Il fait un vent à décorner un cerf !
Des rafales de vent emportent d'abord
les deux premiers volets puis la toiture
tout entière...
Et je vois au-dessus de ma tête mon toit s'envoler
sans que je puisse le retenir...
et prendre de la hauteur jusqu'à devenir
un petit point rouge dans le ciel bleu.

Troisième volet : Le temps a passé.
Si vite ! Quel âge puis-je avoir ?
Celui que je parais aujourd'hui.
Je suis sans domicile fixe, c'est-à-dire
que j'en change tout le temps !
Et voilà que sur ces entrefaites,
je prends cette maudite balle dans le cœur !
Tirée par moi, sur moi !
Au secours, je me « moi ».
SOS toit...
Je suis allongé dans l'herbe...
Je suis en train de rendre l'âme...
Au-dessus de moi un ciel noir...
noir comme de l'encre.
Que vois-je devant moi ?
L'épouvantail de mon imaginaire...
les bras en croix...
servant de perchoir à une multitude
de petits oiseaux...
m'accueillant !
Quel ramage, quel plumage !
Soudain une éclaircie.

Je vois dans le ciel redevenu bleu...
un petit point rouge qui s'agrandit,
s'agrandit... pique du nez... sur moi !
C'est mon toit-volant.
Il traîne encore derrière lui un bout de la corde
dont l'autre extrémité m'était restée
dans la main.
Je m'y agrippe, m'y accroche...
et, emporté par mon toit-volant,
je fais dans son sillage
le plus beau des voyages... voyages imaginaires...

À peine avais-je mis un point final à cette extravagance
que ma chaise s'effondrait sous moi.
– HA ! HA !
Les éclats de rire de mon mainate blessèrent plus
sûrement mon orgueil que les éclats de bois
mon fondement.
– HA ! HA ! C'était prévisible !
Je sentis venir la diatribe.
– Il y a belle lurette que votre chaise
ne pouvait plus vous supporter.
Votre imaginaire est vétuste.

Il craque de partout et de toutes parts.
Votre chaise devait déjà faire partie des meubles
de l'imaginaire de vos aïeux...
Mon mainate n'imaginait pas à quel point
ses propos me faisaient mal.

Extravagance n° 32

« À chacun son imaginaire »

Le mainate :
– Dites donc, l'homme de lettres...
depuis le temps que vous me faites partager
l'ordinaire de votre imaginaire...
si vous acceptiez d'entrer dans le mien,
vous y seriez le bienvenu...
– Tu as un imaginaire, toi ?
– Je veux !
J'hésitais...
Bon ! J'étais un habitué, un assidu de l'imaginaire,
pour ne pas dire un abonné, soit ! Mais du mien !
Jamais je n'avais pénétré dans l'imaginaire
de quelqu'un d'autre, encore moins à l'intérieur
de celui d'un oiseau, aussi apprivoisé fût-il !
N'y avait-il pas là quelque impudeur ?
C'est alors que je réalisai que mon mainate
était hors de sa cage...

– Comment as-tu fait pour en sortir ?
– Avec mon bec, monsieur, comme avec un bec-de-cane et sans chapeau !
– Pourquoi n'en as-tu jamais profité
pour faire la belle ?
– Parce que je ne peux sortir de ma cage que pour entrer dans mon imaginaire !
Mais dès que je veux sortir de mon imaginaire,
je me retrouve dans ma cage...
!!
C'était bien raisonné... cependant on n'était pas là pour raisonner mais pour extravaguer !
– Allons, me dit mon mainate, ne faites
pas de manières. Si vous voulez bien me suivre à l'intérieur de ma cage ?
– Puis-je emporter mon poisson rouge ?
– Il sera le bienvenu...
– Crois-tu qu'il comprendra quelque chose
à tes extravagances ?
– Non, mais cela fera du monde. J'ai horreur de jouer devant une salle à moitié vide.
(En tant que comédien, je comprenais très bien cela.)
– Faut-il que j'aie confiance en toi, lui dis-je,

pour me prêter à une telle évasion !
Car, en entrant dans cette cage,
en compagnie de mon poisson rouge,
j'avais, oui je l'affirme, le sentiment
de m'évader de mon imaginaire quotidien.
Je me rendis à peine compte que plus j'avançais
à l'intérieur de la cage,
plus celle-ci prenait de l'ampleur,
gagnait en volume jusqu'à occuper la totalité
de la pièce.
C'est alors que se répandit au ras du sol
une épaisse fumée blanche, opaque...
Nous toussâmes...
La fumée finit par faire écran.
La voix du mainate se fit entendre :
– Excusez-moi, il faut que je me prépare...
En attendant, j'allumai une cigarette que j'éteignis
aussitôt. Je n'avais pas remarqué le panneau « Défense
de fumer ».
Après avoir dissipé la fumée du revers de la main,
je vis que le décor avait changé...
Nous étions à ciel ouvert.
Un rideau cramoisi suspendu... à rien !

Il semblait accroché... aux nues.
Devant ce rideau, des chaises alignées...
à perte de vue... toutes vides !
Seuls au premier rang, deux fauteuils sur le dossier desquels était épinglé un carton « Vacant ».
Nous comprîmes qu'ils nous étaient réservés.
Nous prîmes place...
Et le spectacle commença !
Je ne vous raconte pas...
Parce que l'imaginaire d'un oiseau... c'est...
c'est surréaliste.
J'ai même pensé à un moment :
« Si mon mainate ne comprend pas mieux mon imaginaire que moi le sien, il ne doit pas s'amuser tous les jours ! »
Je vous en donne tout de même un aperçu.

Extravagance n° 33

« Les chaises savantes »

(Dialogue entre deux chaises inoccupées
qui devisent autour d'une table.)

La conversation est animée...
– Nous les chaises, dit l'une d'entre elles,
nous avons quatre pieds mais nous ne sommes pas capables d'en mettre un devant l'autre.
– La table aussi a quatre pieds, dit l'autre, elle ne marche pas non plus.
– Et pourtant elle tourne, dit celle qui était assise entre les deux chaises, et quand elle tourne,
les gens dont nous supportons le séant, qui
nous écrasent de tout leur poids...
– Et de leur mépris...
– L'interrogent...
– Oui, mais la table, elle, ne peut répondre que par « oui » ou par « non » alors que nous, les chaises,
lorsqu'on nous passe la parole

ou lorsque nous la prenons,
nous avons des conversations soutenues.
La preuve : Molière disait, parlant de nous...
et en quel langage :
« Voiturez-nous ici les commodités de la conversation ! »
C'était l'époque des chaises à porteurs.
On nous transportait sur des brancards.
C'était le bon temps.
« Voiturez-nous ici les commodités de la conversation ! »
De nos jours, ajouta-t-elle, ce que l'on appelle les « commodités », ce sont des chaises percées...

C'est alors que j'aperçus sur le côté de la scène...
mon mainate qui synchronisait les voix des chaises,
une voix différente pour chaque chaise...
(Il imitait même leurs craquements.)
Du grand Art !
Nous applaudîmes !
Les chaises se sont levées pour saluer.
Toute la salle debout !
Mille chaises vides qui se lèvent en même temps

pour saluer... et qui tapent des pieds !
Cela fait du bruit !
Même nos deux fauteuils se sont redressés
comme un seul homme, sans prévenir.
Je me suis retrouvé assis par terre,
tenant à bout de bras la mappemonde avec dedans
mon poisson rouge qui ne s'était rendu compte de
rien !
Il l'avait échappé belle.

Tout était rentré dans l'ordre, redevenu normal.
Le mainate avait regagné sa cage.
– Alors, me dit-il, ce voyage ?
– Extraordinaire ! L'atterrissage un peu brutal
mais... extraordinaire !
Tandis qu'il se mettait à chanter son air favori
« Comme l'oiseau, cela vit d'eau pure et d'eau fraîche,
un oiseau, cela vit de chasse et de pêche,
un oiseau... mais jamais rien ne l'empêche
l'oiseau... d'aller plus haut ! »,
je reposai la mappemonde à sa place sur ma table de
travail.
Et j'allumai une nouvelle bougie.

Extravagance n° 34

« L'imaginaire du poisson rouge »

Je vis mon poisson rouge... s'agiter...
Avec sa queue, il tapait sur la paroi pour attirer l'attention. Il multipliait les bulles, bulles, bulles qui venaient crever à la surface du globe, faisant un bruit de claquement de langue !
Manifestement, il voulait me faire comprendre quelque chose...
J'interrompis mon mainate :
– Que veut-il me signifier par là ?
Il écouta avec plus d'attention les différents sons que faisaient les bulles en éclatant...
– Il veut dire par là que lui aussi a un imaginaire et que si vous vouliez lui faire l'honneur d'y pénétrer !
Pouvais-je refuser ?
– Bulle ! Bulle !
– Il dit que si vous voulez emmener votre mainate... il sera aussi le bienvenu !

Nouveau blablabla de bulles, bulles, bulles...
– Qu'est-ce qu'il dit ?
– Il dit qu'il va tenter la traversée de l'océan
Atlantique hors de l'eau, sans en respirer une goutte !
– Comment ?
– Sur une barque et à la rame...
Par la seule force de ses deux nageoires !
Premier étonnement.
Le poisson rouge s'illumina mais de l'intérieur,
comme une lanterne vénitienne.
Il irradiait littéralement...
Le mainate me glissa dans l'ouïe :
– Ça doit être sa façon à lui de se mettre
en un état second...
– Tais-toi ! lui dis-je.
J'étais prodigieusement intéressé.
... Il avait effectivement ce regard intérieur
et pourtant lointain...
Soudain, nous vîmes notre poisson rouge pousser
une coque de moule à la mer, y prendre place
et se mettre à ramer à l'aide de ses deux nageoires...
C'était pathétique et touchant.
Nous lui fîmes un petit signe d'adieu.

Le vit-il ?
Il n'y répondit pas.
Nous le suivîmes... pendant toute la traversée,
minute par minute...
Nous vécûmes toutes les péripéties...
telles que le mal de mer qu'il n'avait jamais connu
lorsqu'il était dans l'eau...
Interminable traversée,
d'autant qu'il avait beau ramer,
il donnait l'impression de faire du surplace.
Illusion d'optique...
C'était la mappemonde, la terre qui tournait
à une allure normale...
Enfin, l'Amérique fut en vue... !
Il faut dire que subrepticement, j'avais précipité
le mouvement de la mappemonde...
« Terre ! Terre ! » criâmes-nous !
C'est alors que la coque de moule heurta une bande
de crabes qui marchait à reculons.
Le choc fut terrible.
Mon poisson rouge, éjecté de sa coquille,
retomba dans l'eau... à plat.
Dieu merci, il savait nager.
Nous nous gardâmes bien de le repêcher...

Le temps des extravagances était passé.
Les imaginaires des uns et des autres,
c'était bien joli...
mais il fallait revenir à la réalité des choses...
Étais-je si malheureux dans le réel
pour éprouver le besoin de fuir,
de me réfugier dans l'imaginaire
où, au fond, je me sentais un peu comme un immigré,
un clandestin, un sans-papiers !
Il était temps de rentrer au pays...
Le temps de mettre pied à terre,
l'autre pied...
celui que je garde toujours dans le réel.
C'était l'heure de la fermeture,
l'heure de redevenir raisonnable.
Pour m'en convaincre, je remis mon faux nez rouge...
au grand étonnement de mon poisson rouge qui devait
se demander pourquoi il n'était pas lumineux.
Allez, on boucle.
On rentre.

Extravagance n° 35

« Le pigeon voyageur »

À peine avais-je refermé le rideau de la porte
que celui de la fenêtre s'ouvrait... sans fracas...
Un pigeon voyageur apparut...
Il tenait dans son bec un message :
– Hé bonjour, monsieur du Corbeau,
que vous êtes joli... que vous me semblez beau...
(Encore cette muse qui me soufflait un texte qui n'était pas de moi !)
Je rectifiai :
– Salut toi, pigeon !
Je voulus prendre possession du message mais, devant la réticence du pigeon à me le délivrer, je compris...
Je lui glissai quelques graines de millet
dans le creux de la patte tendue...
– C'est pour... boire !
Il ouvrit un large bec et laissa tomber son message.

Je m'en saisis... pensant que c'était la lettre
d'un flatteur. Pas du tout!
C'était l'article du journaliste, qui venait de paraître
dans son journal *Le Globe-Trotter*.
En gros titre :
« Explosion dans une centrale nucléaire... »
(avec ses répercussions, ses conséquences catastrophiques...)
et en dessous un entrefilet :
« Des signes de vie dans l'imaginaire. »
Le journaliste avait tout mélangé...
et... pas un mot sur l'anecdote de Polichinelle.

S'y ajoutait un petit mot de sa main :
« Envoyez-moi par retour du courrier une de vos
extravagances ! Je la ferai paraître dans une
prochaine édition. Merci ! »
Je dis à mon mainate :
– Demande au pigeon voyageur d'attendre.
Il y a une réponse
Tandis que le mainate et le pigeon s'engageaient
dans une conversation couroucoulante...
je repris place à ma table de travail

et je notai :

« Extravagance n° 36
« Les ris... et... les pleurs... »

Je m'aperçus que je n'écrivais plus rien.
Ma plume continuait bien de courir sur le papier,
mais elle ne laissait aucune trace... aucun sillage...
Ou l'encre était devenue sympathique
ou bien...
je jetai un coup d'œil à l'intérieur
de mon encrier... à sec !
C'était la panne sèche.
Allais-je échouer si près du but ?
Je regrettai amèrement de n'avoir pas fait
le plein d'encre lors de mon voyage en mer noire,
alors que les seiches m'avaient proposé leur encre
à des prix avantageux.
C'est le moment que choisit mon extravagante muse
pour donner une dimension tragique et démesurée
à ce moment de faiblesse, en me soufflant dans le
creux de l'oreille les quelques vers sublimes de son
« Alfred » préféré déclamant par une belle « nuit de
mai »,
à propos du poète, je cite :

« Lorsque le pélican, lassé d'un long voyage... »
etc.

et cela se termine par :

« Leurs déclamations sont comme des épées.
Elles tracent dans l'air un cercle éblouissant.
Mais il y pend toujours quelque goutte de sang. »

Trop d'honneur... muse... Et moi, pauvre de moi !
Moi ! À moi !
Au secours ! Je me « moi »... J'y ai cru !
Je retroussai mes manches, repérai parmi les veines
qui saillaient la plus visible,
celle que l'on choisit pour les intraveineuses.
Avec la pointe de ma plume...
qui avait pris l'ampleur de celle d'un pélican,
je fis une légère entaille.
Une goutte perla.
J'y trempai ma plume.
Je ressentis une nouvelle fois l'angoisse
devant la page blanche qu'il fallait rougir.
Stressé, comme l'on dit de nos jours.
J'étais stressé !
Encore sous le coup de ce que je venais d'apprendre,
à savoir :

« l'explosion d'une centrale nucléaire »,
j'attaquai cette douloureuse réflexion :
« Les ris et les pleurs. »

Extravagance n° 36

« Les ris et les pleurs »

Tant qu'à faire des bombes atomiques, on devrait en inventer une qui détruirait tout de l'homme sauf... les yeux !

Ce qui permettrait aux hommes dont le visage
serait méconnaissable de continuer de pleurer
toutes les larmes de leur corps.
Pendant qu'on y est, ne pourrait-on pas aussi
sauver du désastre la bouche et les dents,
ce qui permettrait aux personnes
qui n'auraient plus que leurs yeux pour pleurer
de continuer de rire de leurs malheurs ?
Il n'est pas impossible qu'à partir de ces ris
et ces pleurs, les hommes qui ont, Dieu merci,
l'esprit imaginatif puissent se recomposer
un visage humain...

Je remis mon texte au pigeon :
– Couroucoucoucou ! me dit-il en guise d'adieu.
Exit le pigeon !
– Que vous êtes-vous dit, le pigeon et toi ?
demandai-je au mainate.
– Il m'a confié que lorsqu'on lui a proposé la bague au doigt,
il croyait que c'était pour le meilleur,
hélas, c'était aussi... pour...
Je n'entendis pas la suite.
J'avais consommé beaucoup de sang,
des pintes de sang d'encre, de mauvais sang !
Je perdis pied...
Ce qui suit est encore une « extravagance »
mais qui a tourné au cauchemar...

Extravagance n° 37

« Le cauchemar »

Nous sommes en l'an 2000 et des poussières,
toujours au bord de la mer...
Mais c'est une mer de sable.
Émergeant du sable, une station de métro.
Enfin, ce qu'il en reste.
Une entrée, à moins que ce ne soit une sortie.
Allez distinguer !
Des marches qui descendent.
Un vieil homme qui les monte... péniblement.
Ce vieil homme, c'est moi.
Je me reconnais à ma canne et à mon chapeau.
À la dernière, je m'arrête pour souffler...
(Avant, ici, il y avait un petit jet d'eau.)
Je jette un coup d'œil circulaire...
que rien ne semble accrocher...
Je cligne des yeux... tant la lumière est vive,
radiante !

Puis, une main formant visière...
j'observe un instant le ciel...
tantôt rouge, tantôt noir...
Comment appelait-on ça... jadis... ?
La voûte céleste ?
Subitement, je manque d'air ; je suffoque...
Je redescends les marches le plus vite que je peux.
Au sous-sol, je pénètre dans une cabine téléphonique.
Je décroche l'interphone et dis : « Le 36e dessous ! »
Une voix familière me répond :
– Un dessous au-dessous du 35e !
Je reconnais la voix chevrotante de mon mainate.
(Il ne doit plus être tout jeune lui non plus !)
Tandis que la cabine s'enfonce dans les profondeurs
de la terre, machinalement, je compte les étages...
« 3, 4, 5... 28, 29, 30... etc. »
comme si le temps et les étages m'étaient comptés...
36e !
La cage de l'ascenseur s'immobilise.
J'attends derrière les barreaux.
Mon mainate vient m'ouvrir.
– Pour le 36e dessous, c'est ici !

– Cela t'amuse toujours de jouer les garçons d'ascenseur ?
– Non ! Mais cela me paye mon os de seiche quotidien !
Une pierre dans mon jardin.
Je sors. Il y entre.
– Pour les 36e dessus... ?
Il referme la grille
et l'ascenseur remonte.
J'aspire avidement l'air conditionné.
Je longe quelques couloirs...
Deuxième à droite...
Quatrième à gauche...
puis tout droit jusqu'à la salle des ordinateurs.
Je sors mon trousseau de cartes perforées.
J'en « distingue » une,
l'introduis dans la fente.
Un déclic.
La porte s'ouvre lentement.
Je reste un moment interdit...
Tout le personnel
semble pétrifié.
– Que se passe-t-il ?
On me montre du doigt le plafond.

Je vois un être étrange qui semble « battre de l'aile » comme l'on disait jadis...
Des questions fusent :
– D'où sort-il ?
– Jamais vu nulle part !
– Comment a-t-il pu pénétrer ici ?
– C'est monstrueux !
– Est-ce que ça mord ?
– Il n'a pas l'air d'avoir de dents.
– Son corps est velu.
– Il a deux antennes.
– Branchez les ordinateurs ! Essayez de trouver la longueur d'onde...
– Faites-le parler... Demandez-lui d'où il vient.
Je m'approche...
– On dirait... dis-je, mais oui...
La mémoire me revient.
– Qu'est-ce que c'est ?
– Un paon-de-jour !
Un papillon aux couleurs chatoyantes, parfaitement inoffensif.
– Ce papillon, messieurs, n'est pas de ce monde. Il n'a rien à faire ici. Je vais le ramener dans l'autre...

puisque je m'apprête à y retourner... Il n'a qu'un jour à vivre.
Un jour sans lui... Ce n'est plus le jour...
Je le prends délicatement entre le pouce et l'index, le dépose dans ma boîte de bougies, maintenant vide.
– Messieurs, je vous salue !
Je remis mon chapeau,
fis tournoyer ma canne...
Je devais avoir le regard intérieur
et pourtant lointain...

« L'éternel retour »

– Oh ! Eh ! Oh !
Est-ce moi que l'on interpelle ?...
Je sors péniblement de ma torpeur.
– Oh ! Eh !
Un chaud rayon de soleil s'infiltre
entre mes paupières.
Pas de doute.
Je suis de retour.
J'ai les deux pieds sur terre.
– Terre ! Terre !
C'est la voix nasillarde de mon mainate.
– Regardez au plafond... Il y a une toile d'araignée...
Il n'y a pas plus de toile que d'araignée.
Par contre, bien réel est le papillon qui voltige,
au risque de se brûler les ailes à ma lampe de chevet.
Un geste de la main.
Le paon-de-jour va se poser sur le rebord de la fenêtre.

Le soleil est déjà haut dans le ciel...
– Bonjour !
– Bonjour... ?
Au fait, de quel jour s'agit-il ?
Un regard sur l'éphéméride...
Lundi 31 août.
Ah !
Je tiens dans la main un autre jour.
Je le défroisse...
Samedi 29 août.
Il manque un jour : le dimanche 30 août.
– Où l'ai-je passé ?
– Dans l'autre pied-à-terre, monsieur, me dit le mainate, celui que vous possédez dans l'imaginaire !
– !!
Une éclaircie dans ma tête...
– Où sont passées mes... extravagances ?
– Dans votre tiroir, monsieur, entassées les unes sur les autres afin qu'elles puissent échanger leurs impressions.
Je les relis rapidement.
– Je constate avec satisfaction, mainate, que je n'ai pas abusé de la formule « Il me dit », « Je lui dis », « Il me

dit », « Je lui dis », parce que, trop souvent répété, le mot « dit » est un maudit mot.
– Ah ! s'exclama-t-il, vous m'avez retiré le mot de la bouche. À propos, j'allais oublier...
Savez-vous ce que Polichinelle m'a dit de vous avant de disparaître par le double fond de votre tiroir ?
– ?
– Il m'a dit : « Réellement, cet homme de lettres, il n'a pas l'air vrai ! »
– Secret de Polichinelle ! Dis donc, mainate, ne devais-tu pas refaire la fin de la deuxième extravagance « La mer Noire » ?
– Je l'ai faite !
Il me tend une feuille de papier à travers les barreaux de sa cage.
– Mais, tout compte fait, je préfère l'oral à l'écrit...
– Pourquoi ?
– Parce que, dit-il en s'ébrouant, les paroles s'envolent tandis que les écrits restent.
Compris !
Message reçu !
J'ai ouvert toute grande la porte de la cage...
« Le ciel est bleu,

la mer est verte.
Laisse un peu la fenêtre... »
Mon mainate, sans l'ombre d'une hésitation,
a pris son envol.
Après l'avoir regardé s'éloigner dans le ciel promis, du moins je me l'imaginais...
je saisis la feuille et je lus :
« Je sèche. »
Il avait eu le temps de faire court, lui !
Voilà !

C'est curieux. Il me semble qu'il manque...
Excusez-moi de vous quitter aussi sèchement...
Je dois retourner au plus vite dans l'imaginaire.
Mon poisson rouge... dans sa mappemonde...
il va penser que...
Comment pourrait-il subsister un jour sans moi ?

Extravagances

Cet ouvrage a été composé et réalisé par la
SOCIÉTÉ NOUVELLE FIRMIN-DIDOT (Mesnil-sur-l'Estrée)
pour le compte de LA LIBRAIRIE PLON

Achevé d'imprimer en octobre 1996

Imprimé en France
Dépôt légal : novembre 1996
N° d'édition : 12700 – N° d'impression : 36172